La Gran Novela Boricua

ALEXIS SEBASTIÁN MÉNDEZ

A todos mis amigos y compañeros de la Isla del Encanto

INDICE

Prefacio

Por Alexis Zárraga Vélez

Tenía unos 16 años cuando sucedió algo que me cambió la vida: abrí el periódico Primera Hora buscando aquel semi erótico póster donde lozanas chicas posaban en traje de baño, y mientras pasaba las páginas me topé con una extraña imagen que hacía lucir a Lou Briel vestido de marinerito (a la misma vez que se besaba con el Pollito Yito) como algo perfectamente normal: era un afeminado caballero con cara de perturbado, y que lucía una exótica y horrenda blusa que parecía que le tumbó a uno de los miembros del grupo "Los Fantasmas del Caribe", o que la sacó de la percha donde habitaba la ropa más fea de Osvaldo Ríos. Estuve varios minutos observando la blusa y la forma en que este extraño sujeto sonreía como si no estuviese haciendo el ridículo al vestir esa abominable prenda. Luego de una larga pavera, odiar el hecho de que ese señor fuese mi tocayo, y sentir mucha vergüenza ajena, decidí leer lo que ese tal Alexis Sebastián Méndez había escrito en su columna.

Desde ese momento me envicié con la sarta de barbaridades que este horrendo señor escribía, y cada semana me montaba en aquella bicicleta Huffy para ir al colmado del barrio a comprar el periódico, y así poder leer las historias que plasmaba en aquella legendaria sección llamada "La vida misma". Con el tiempo mi rutina fue cambiando, y de jugar con lagartijos para ponérmelos en el chicho de la oreja y así atraer a las chicas ponceñas que estrenaban sus menstruaciones, comencé a cogerle un profundo amor a las letras. No paré de leer, desde farándula hasta historia, pero eran los relatos del señor Alexis los que me disfrutaba al punto de que me inspiraron a ser escritor. Su humor agresivo, su forma de narrar con un vocabulario pueblerino, alejándose de toda esa verborrea aburrida que usan "los intelectuales", y la forma en que hilaba la historia para darnos un final perfecto, hicieron de este feo caballero el autor más fucking cool de la isla, casi casi superando (aunque sin éxito) al maestro Silverio Pérez.

No puedo imaginar a Alexis Sebastián escribiendo desde otro sitio que no sea Puerto Rico. Su literatura está tan y tan pegada a la isla como el gistro de Iris Chacón en las nalgas de la vedette. Incluso, su magistral musa nace del mismo orificio con el que Iris se hizo famosa. Siempre he pensado que si las letras de Alexis Sebastián tuviesen una melodía, sin duda alguna fuese el sonido de un majadero coquí con ganas de joder. La forma en que describe los personajes en su narrativa logra que el lector se sienta totalmente identificado, a la misma vez que no teme ser irreverente, y disfruta patear a los ídolos del altar para encabronar a mucha gente. Este tipo es tan ruin que tuvo una época como Testigo de Jehová solo para usar corbata, vender libros del Nuevo Testamento a peseta e ir a las casas a hablar con gente extraña, porque así es él: un despreciable genio. Cuando muchos pensamos que lo habíamos leído todo de esta jirafa con mahones, con "La Gran Novela Boricua" se fue por encima de los gandules.

"La Gran Novela Boricua" narra un futuro catastrófico (y bastante real) de un Puerto Rico que más jodío no puede estar. Una isla gobernada por un mandatario estadista cuyo único atributo es ser un suertudo, un movimiento independentista más preocupado por lograr la libertad berreando coplas de Pablo Milanés que haciendo un plan lógico, un detective con más ganas de copular que triunfar en la vida; un bichote encuerna'o, una fea criatura con un gran atributo, una trapera sin talento con buen cuerpo, una chilla bien encabroná, una pareja homosexual egocentrista, una pastora maquiavélica y un héroe inesperado son solo algunos de los personajes de esta obra donde lo absurdo no parece tan lejos de la realidad de un país que se nos cae en cantos. No solo todos los sectores ideológicos del país se sentirán debidamente ofendidos, sino que este impío autor fue contra todos, y no tuvo piedad en describir a la enfermera promedio, ya que este caballero es acérrimo rival de estas profesionales de la salud desde tiempos de antaño. Como Alexis Sebastián dijo una vez borracho en un barra: "cuando veas a una enfermera sexy, es que la anestesia está empezando a hacer efecto o seguiste la luz, estás muerto pa'l carajo y viste un ángel". Asimismo, el señor Méndez no le tembló el pulso de sus delicadas manos al burlarse de las contradicciones del boricua promedio, ese que quiere libertad de expresión, pero cuando le molestan los argumentos de otras personas que piensan diferente, casi clama por la censura. Al igual que un día normal en Puerto Rico, la historia será un sube y baja de emociones en el que pensarás que estás en una machina de fiesta patronal; y justo cuando crees que el relato está en su clímax, ocurrirá lo inimaginable y vira todo patas pa' arriba. Estoy seguro que al finalizar la lectura de esta joya literaria, querrás volver a leer solo para encontrar nuevos detalles (y zarpazos) de este genial escritor.

Si me preguntan a mí, no me había reído tanto en muchísimo tiempo... de hecho, mirando hacia el pasado, creo que esta novela supera la horrenda foto de Alexis con aquella espantosa camisa de pirata. ¡Coquíiiiiiiii!

Alexis Zárraga Vélez
Escritor

Alexis Sebastián Méndez en su controversial prenda de vestir (circa: 1488)

Prólogo

ALEXIS SEBASTIÁN MÉNDEZ

Antes de entrar en los detalles sobre los eventos que llevaron a la isla de Puerto Rico a su último día en el planeta, primero debemos entender un poco sobre su extensa y compleja historia.

Vayamos al comienzo: Tras haber creado maravillas naturales tan útiles como la luz y el agua, Dios –autor del universo y la Tierra– decidió dar su pincelada maestra con el Paraíso. Este lugar estaría libre de algunas de sus obras que, si bien resultaban curiosas y amenas, no eran prácticas (ejemplo: la nieve). Decidió que este lugar era bueno y que debía ser exclusivo, así que lo limitó a una pequeña isla de penetrante color verde, y la rodeó de un azul intenso que acariciaba la vista contra un cielo blando y claro, que por las noches brindaba las más brillantes estrellas. Dios decidió que éste sería su lugar para sentarse a disfrutar del sol, una de sus creaciones predilectas.

Dios estaba muy entusiasmado con esto de inventar, y le pareció buena idea crear a alguien que pudiese admirar su obra. A su imagen y semejanza creó a Adán, el primer puertorriqueño. Adán encontró que el Paraíso era hermoso, y estaba muy orgulloso de su origen ("Yo soy paraiseño, ¡pa' que tú lo sepas!"), aunque el orgullo no se le notaba cuando comía frutas y dejaba las cáscaras tiradas por todos lados.

Adán pensó que necesitaba alguien que recogiese sus desordenes, así que le dijo a Dios que se sentía solo, que si esto y lo otro. Entre una cosa y otra, con tal de callarle la boca, el Señor cedió al "ay bendito" y creó a la mujer, la cual llamó Eva. Adán pronto le mostró su amor exigiendo que se quedara limpiando en lo que él compartía con sus amigos, lo cual resultaba sospechoso porque aún no existía otra gente para janguear. Eva, de un golpe, le rompió una costilla.

La relación entre Adán y Eva no iba muy bien. No existía la televisión, Instagram ni Netflix, así que el hombre, bruto desde sus comienzos, no encontraba qué hacer junto a ella. Eva quería hablar y tener una relación llena de comunicación, pero cada vez que algo le molestaba de Adán, no se lo decía, y solo ponía cara larga. El hombre, sin ninguna otra idea en mente, decidió invitarla a cenar para olvidar las asperezas.

Dios tenía un lugar en Rincón donde prefería disfrutar del atardecer. Allí había puesto una palma de cocos, para refrescarse mientras se deleitaba con la brisa y el paisaje. El Creador compartía toda la inmensidad de la creación, pero allí había puesto un límite: que nadie se acercara a sus cocos.

Adán cometió el error que los hombres han sufrido desde sus comienzos, que fue preguntarle a su mujer dónde quería cenar. Ella quería comer donde asisten las personalidades más exclusivas, y en aquellos tiempos la única figura en farándula era Dios. Adán y Eva comieron de los cocos prohibidos, lo cual colmó la paciencia del Señor. Dios les dijo que el Paraíso jamás sería de ellos, y que vivirían siempre bajo invasores. Resignados, Adán y Eva se limitaron a procrear, ya que aún no existían gasolineras para comprar condones a última hora. Los hijos entonces se fueron a estudiar a Estados Unidos, o a "mochilear" por los principales continentes, por mero pretexto para irse de la casa.

Millones de años después, el hombre había poblado la Tierra, y los puertorriqueños estaban casi inexistentes. El humano estaba al garete, así que Dios decidió limpiar la casa y comenzar de nuevo. Noé, un individuo que era buen hijo de Dios, y quien mantenía casi puras sus raíces boricuas, recibió la encomienda de crear un arca en la cual pondría dos animales de cada especie.

Noé le puso a su embarcación el nombre "La Mamisonga", lo cual abochornó tanto a los autores de la Biblia que decidieron dejar fuera la referencia, así como obviaron la banderita boricua que enganchó en el cristal trasero de la enorme arca. Poco antes del diluvio, metió a sus hijos y nueras dentro del barco, ya que entendía que tenía derecho a esa "pala".

Llovió durante cuarenta días y noches. Cuando las aguas regresaron a su nivel, el arca quedó en Puerto Rico. Noé se puso un poco jaquetón con el asunto de que había sobrevivido al mal tiempo, así que Dios, no sabiendo qué hacer con estos incorregibles, decidió darle una lección creando los huracanes. En pocos años, el arca había desaparecido, ya que la madera era removida para proteger las ventanas de las propiedades cada año. Los hijos de Noé, buscando mejores oportunidades de empleo, se fueron por el mundo, llevándose a varios de los animales del arca para venderlos en el mercado negro de animales exóticos.

La Tierra, después de millones de años de amor conyugal y noches de borrachera, volvió a poblarse, pero el asunto no fue mucho mejor. Dios se resignó. No era necesario destruir de nuevo el planeta y la humanidad; su propia creación se ocuparía de ello. La misma raza humana se castigaría, lo cual explica el eventual éxito de Ricardo Arjona.

Y el tiempo pasó. La mayoría se había olvidado de Puerto Rico. Allí vivían los taínos, quienes estaban felices de haber hallado una isla tan preciosa. Pero el castigo impuesto desde el comienzo por Dios se hizo sentir. Llegaron los españoles, y no dejaron vivo a ningún taíno, matando hasta las mujeres y los bebés mientras se robaban el oro precioso que el Creador había puesto allí. El patrón de matar y robar se extendió por generaciones.

Entonces, por eventos históricos dudosos, un día acabaron siendo botín de una guerra entre España y Estados Unidos. Los gringos decidieron probar el Caribe, y Puerto Rico era el plato para degustar. Para demostrar que eran superiores a los españoles, los estadounidenses no se robaron el oro –el cual de todas maneras ya estaba agotado– y se adueñaron de la industria azucarera, apoderándose de fincas a través de bancos que ellos mismos regulaban, y pagando una miseria a los trabajadores.

Todo esto sonaba a "explotación y coloniaje", así que los Estados Unidos –en un impulso de corregir errores– cambió su política a "explotación y algo que no se llamara coloniaje". De ahí se inventaron el ELA, o "Estado Libre Asociado", o "Lo mejor de dos mundos", o "¿Hablan en serio? Tienen que estar jodiendo".

El país se dividió en tres ideologías referentes a cuál debía ser el status político de Puerto Rico. Estaban los llamados Populares, recogidos dentro del PPD, o Partido Popular Democrático. Estos son los mencionados estadolibristas, quienes desean mantener el status actual, cuyo mayor atractivo es lo que se conoce como la ciudadanía americana, una condición que permite a los puertorriqueños viajar a Disney World sin tener que hacer la fila de aduana –y los boricuas están dispuesto a lo que sea por evitarse una cola– así que tienen una gran fuerza, a pesar de que años después los Estados Unidos confesó que eso de "ELA" era jodiendo, que seguíamos siendo colonia.

Otro grupo de gran fuerza lo forman los Estadistas, recogidos bajo el PNP, o Partido Nuevo Progresista. Estos son lo que quieren ser un estado de Estados Unidos, aunque muchos nunca han estado en un estado. La mayor limitación es que Estados Unidos no interesa ese tipo de arreglo, algo así como el amante que no quiere casarse e insiste que bastante ya ofrece prometiendo estabilidad y protección, así que ponte esa "baby doll" ahora mismo, gracias.

Por último están los independentistas, quienes a pesar de tener el PIP, o Partido Independentista Puertorriqueño, se agrupan por varios bandos, dependiendo en sus posiciones referentes a la democracia, el uso de la violencia y, sobre todo, acerca quién debe tomar el crédito por haber liberado a Puerto Rico. Los independentistas representan una porción insignificante en las urnas, recibiendo menos de uno de cada veinte votos. Esta reducida participación se debe a una concienciación de los puertorriqueños referente a sus posibilidades económicas y políticas, y además a la aplastante maquinaria gubernamental que destruyó el movimiento nacionalista, mediante medidas como la Ley de la Mordaza y restricciones al uso de la bandera. Ante el poder de convencimiento de la persecución política y social, muchos boricuas cambiaron su ideología por estadolibrismo y estadidad, considerando también que esto les ayudaba a conseguir puestos por "pala" en el gobierno, dependiendo de cuál partido estuviera en el poder.

Ésta es la historia y situación de Puerto Rico, el país más hermoso y singular que Dios creó. Pronto llegará a su fin por razones muy complejas para explicar en pocas oraciones. Comencemos conociendo al gobernador.

Viernes

César Romelló

En la mañana del viernes, el gobernador César Romelló se juró que esta vez sí conseguiría la estadidad para Puerto Rico. No sospechaba que dos días más tarde la isla dejaría de existir.

César Ramírez –como se llamaba realmente– venía de una extensa estirpe de estadistas. Su bisabuelo jugaba ajedrez con Luis Antonio Ferré, su abuelo le arrullaba con el himno de Estados Unidos y su padre murió por complicaciones al dislocarse un brazo mientras intentaba –durante una candente discusión con desconocidos en una barra– demostrar que era posible trabajar en Puerto Rico y simultáneamente jugar tenis en los Estados Unidos, tal y como alegaba en ese momento su líder político.

César participó dentro del PNP desde niño, pero no fue su pasión, inteligencia y liderazgo lo que lo llevó a ser el hombre más poderoso del país. La clave de su éxito era la suerte. César había burlado la muerte ochenticuatro veces. Cuando tenía dieciocho años, sufrió un mal de amores, y decidió –después de beberse dos galones de ron caña– que la mejor manera de tolerar su dolor era pegándose un tiro. Esto se le ocurrió mientras bajaba de Adjuntas guiando un auto Yugo a 70 millas por hora. Sin pensarlo dos veces –y César casi nunca pensaba dos veces, difícilmente una– sacó el arma de su padre de la guantera, mordió el cañón como una galleta dura, y tiró del gatillo, abriendo un orificio en su paladar y otro en el tope de su cabeza. El carro cayó por un precipicio y se convirtió en una bola de metal tras un desplome de ochenta pies. Cinco semanas después César estaba fuera del hospital, con un pedazo de metal en la cabeza, que si bien no era necesario, era la modalidad médica del momento. Durante los próximos treinta años, al menos diecinueve rayos han aterrizado en su cabeza, y ninguno le ha hecho daño aparente. La gente empezó a cogerle miedo.

Adelaida Arocho, su esposa –César se casó por imagen, pues nunca dejó de amar a su novia de la juventud– encaminó a su hombre en la ruta a la gobernación. Primero le cambió el ordinario apellido de

Ramírez por algo con más gancho. Reconociendo que las elecciones se ganan por mayoría, y que la mayoría es estúpida, sabía que la gente vota por apellidos, una mala lógica que sin duda era vestigio de una estirpe acostumbrada a siglos de monarquías. Escogió unir los apellidos de Rosselló y Romero Barceló –los McCartney y Lennon del estadista rabioso– y los unió en el pegajoso Romelló. Lo próximo fue aprovechar su afortunada infortunia de sobrevivir desgracias para pulir la ilusión de que César gozaba de poderes sobrenaturales. Adelaida poseía la tontería más popular del momento entre los crédulos –desde piedras hasta pirámides– y conversaba de temas de nueva era, santería y espiritismo sin ninguna otra preparación o referencia que no fuese su imaginación. Ella entendía muy bien el poder combinado de la exageración del cuento con el desinterés de corroboración del impresionable. Cualquier tragedia que ocurriese, ella la tomaba como suya. Si alguna figura célebre sufría alguna desgracia, Adelaida comentaba, como si se le escapase, que el desafortunado y César habían tenido una pequeña discordia el día antes.

La fama continuó creciendo, y haber sobrevivido un

cruento ataque por dos tiburones acabó por reforzar los supuestos poderes de César Romelló. Todos negaban creer en estos mitos y preferían no discutir al respecto, pero por si acaso, aun los que decían no ser supersticiosos, le daban el voto por eso de no caer en desgracia con él.

Así que, sin tener que ocupar muchos cargos electivos, César Romelló llegó al poder máximo y ahora disfrutaba de su segundo cuatrienio, aunque esto no quiere decir que era un gobernante querido. En una ocasión, mientras daba un discurso en la universidad, un miembro del FLU (Fuerzas Liberadoras Universitarias), uno de los cientos de grupos clandestinos revolucionarios que plagaban el país, sacó un arma y le disparó tres veces, dando cada tiro en el corazón. Se formó tremendo reperpero, y en medio del corre-corre, Romelló fue llevado hasta su limosina, donde sus guardaespaldas y asistentes se sorprendieron al escucharle preguntar si alguien había resultado herido. Se instruyó a todo su Gabinete, consultores y familia, a que no mencionasen el asunto, pues en fin, era bien conocido que mientras menos Romelló supiera de cualquier cuestión, mejor.

Pocos días después el cuerpo expulsó las balas, las cuales llegaron hasta el sistema digestivo y fueron evacuadas, según comprobaron los expertos dedicados a tomar y analizar su excreta diariamente.

Aunque muchos votaban por César para gobernador debido al temor de una maldición, cada vez que realizaba un plebiscito para cambiar el status político del país, la estadidad no recibía el apoyo que necesitaba del pueblo, posiblemente porque los puertorriqueños preferían arriesgarse con una maldición incierta que con una condenación segura.

Esto desconcertaba a Romelló, quien había seguido el clásico plan anexionista: Crear un pueblo que necesitara económicamente de los Estados Unidos. Había logrado una cantidad histórica de dependientes en programas de ayudas federales –un noventa por ciento no trabajaba, un ocho por ciento pertenecía a la economía subterránea, y el restante dos por ciento que pagaba impuestos se estaba suicidando, por fortuna a un paso lento, gracias a que muchos no tenían suficientes ingresos para comprar las balas. La estadidad tenía que vencer en los plebiscitos.

Desde su toma del poder, había realizado un

promedio de un plebiscito al año, y ninguno le había dado el resultado que necesitaba. Todas las variantes posibles fueron probadas. Hubo el plebiscito de las tres opciones, de las tres opciones más república asociada y ninguna de las anteriores, de estadidad o independencia, de estadidad o estadolibrismo, de estadidad sí o no, de estadidad o muerte, de independencia sí o no, de ELA sí o no, de república asociada sí o no, de ninguna de las anteriores sí o no. Aunque siempre juraba ir al Congreso de Estados Unidos a defender los resultados del plebiscito, César Romelló enmarañaba extrañas deducciones matemáticas y lingüísticas para siempre declarar la estadidad como ganadora. En una ocasión concedió a su favor el por ciento de votantes que no acudieron a las urnas bajo el pretexto de que no habían ido a votar en contra de la estadidad y, por tanto, estaban a favor. Cuando las burlas ya rayaban en lo humillante, César Romelló culpaba enojado a los Estados Unidos, señalando que el problema estribaba en que el Presidente nunca anunciaba un apoyo incondicional al resultado de las consultas, ni pedía a su gente en el Congreso que hiciese lo mismo. Cuando el pueblo de Puerto Rico tuviese certeza de que la situación política iba a cambiar, se terminaría el relajo y todos seleccionarían, masivamente, la decisión de convertirse en el estado número cincuentiuno.

El Gobernador no podía esperar más. Por primera vez en su vida, César tenía certeza de su muerte. Soñó que se hundía en las aguas del Mar Caribe, y que los dos tiburones regresaban a terminar el trabajo que habían comenzado veinte años antes. Su esposa le inventó un significado al sueño, algo sobre el mar representando la fuerza de Dios y que los tiburones significaban prosperidad, pero César no se tragaba esos cuentos. Nunca había soñado con su muerte, y tenía la convicción de que pronto sería real. Antes tendría que traer la estadidad a su país, aunque esto conllevase chantaje sexual.

La única dificultad inesperada estaba acercándose a la isla en forma de un huracán categoría 6.

ALEXIS SEBASTIÁN MÉNDEZ

Arthur Rock

El general Arthur Rock odiaba a los puertorriqueños. Los odiaba a todos. Odiaba a los estadistas por ignorar que no están a la altura de los estadounidenses. Odiaba a los estadolibristas por exigir el dinero federal sin condiciones. Odiaba a los independentistas por despreciar la anexión con la nación más poderosa del mundo. Odiaba a los indecisos por no tomar una postura que él pudiese odiar.

El General detestaba a los puertorriqueños desde el primer momento en que condujo en las carreteras del país. Rock provenía de una rígida cultura de normas inviolables, agigantada por su estricta disciplina militar. Los conductores tiraban basura en la calle, viraban a la izquierda desde el carril derecho, hundían el acelerador con luz amarilla, mantenían solo tres pulgadas de distancia del carro delante y, peor aún, los automovilistas lentos usaban cualquier carril de manera indiferente. Su desagrado fue transformándose en un odio que rayaba en la demencia.

Arthur Rock se hastió de ver a los conductores usando el carril de emergencia durante un tapón en la carretera Número 2. El militar decidió hacer una protesta pacífica – algo que iba contra sus principios, pues para él los manifestantes de paz no eran más que una partida de izquierdistas maricones– y se acostó en el carril de emergencia. Seis automóviles le pasaron por encima, partiéndole ambas piernas. La ambulancia tardó en llegar debido a la congestión de tráfico causada por los mirones. Desde el incidente Arthur Rock cojea de ambas piernas. Su odio se convirtió en misión.

Dice el refrán: A quien no le gusta el caldo, que le den con la cuchara. Su asignación en Puerto Rico no tenía fin. Sus superiores lo deseaban lejos, y consideraban arriesgado transferirlo a otra base en el extranjero, pues era capaz de desatar una guerra contra Corea, Alemania o el país que recibiera tal desgracia. Puerto Rico era la base idónea, ya que la isla no podía declarar la guerra contra Estados Unidos. Para entretenerlo, le asignaron un proyecto secreto que se trabajaba en Vieques, un municipio de Puerto Rico que consistía en una pequeña isla ocupada por una base militar.

Arthur Rock era uno de los pocos individuos que conocía todos los detalles sobre las investigaciones que allí se realizaban. Cuando la base tuvo que ser cerrada, los oficiales de alto rango en el ejército decidieron que lo más razonable y beneficioso –para Rock, el proyecto y la patria– era matarlo. Llegó a desarrollar un plan, que a pesar de su sencillez (ahogarlo con la almohada durante el sueño) se atrasó debido a la cantidad de oficiales insistiendo en realizar la labor con sus propias manos.

Una serie de incidentes los llevó a considerar un plan alterno. Durante las labores de limpieza, se percataron que faltaba mucho del material que el ejército mantenía escondido en la isla. Estos componentes tecnológicos y químicos –removidos de una nave espacial que se había estrellado años antes en la islita municipio– no se mantenían en ningún inventario, por lo que había que confiar en la palabra de Rock, quien siempre había estado a cargo del proyecto. Cuando una de las criaturas extraterrestres se escapó desde Vieques hasta la isla principal, asignaron a Arthur la captura del ente prófugo.

La importancia estratégica de esta misión era insignificante ante la necesidad de deshacerse del general. Para mantenerlo satisfecho, se le fue otorgando rangos hasta llegar a general, aunque no tenía soldado bajo su cargo.

Así que el General acabó condenado a mezclarse con los puertorriqueños todos los días, en vez de encerrarse en su propia amargura en la base. Rock convirtió su misión militar en una personal. Tenía acceso ilimitado a recursos económicos y tecnológicos, como una especie de James Bond abandonado. Ahora podría realizar su venganza contra el pueblo boricua.

Sus días en Puerto Rico pronto terminarían. Ya tenía resuelto el asunto del extraterrestre, pero no lo atrapaba porque presentía que algo más grande y significativo estaba pronto por ocurrir.

Rock creía estar de buen humor, un sentimiento que era ajeno a su endurecido metabolismo. Hasta le gustaba su último disfraz. En las últimas semanas había decidido hacerse pasar por jardinero en un parador en Utuado, en el cual, según él sospechaba, el extraterrestre se encontraba con una amante. Descubrió que trabajar con plantas —cuidarlas, limpiarlas, regarles agua, cortar sus hojas— era relajante.

Arthur Rock decidió quedarse aquella noche en el parador y disfrutar la belleza campestre, alejado del bullicio de la ciudad. Quería sentarse descalzo en un balcón, sosteniendo en una mano un buen libro y en la otra —por qué no— una refrescante piña colada. Quizás hasta la pediría con ron.

Su velada no resultaría según imaginada. Arthur Rock desconocía que tenía la capacidad de sentir aún más rabia de la que había tolerado durante todos estos años, de experimentar la furia más monstruosa vivida por algún ser humano. Su mayor némesis vendría en la forma de un minúsculo anfibio, no más grande que una palomita de maíz.

Gonzalo Matías

G onzalo Matías suspiró ruidosamente con el propósito de indicarle a la señora Johanna Roldán que tardaba demasiado mirando las fotos de su marido. La clienta estudiaba con frialdad la escena del hombre desnudo en cama con una mujer que vaciaba una copa de vino barato sobre su pecho.

–Puede llevárselas– dijo Gonzalo, mirando con disimulo el reloj que había puesto en la pared detrás del asiento de los clientes, para así no tener que mirar su muñeca durante estos momentos delicados.

–No –contestó tajantemente la señora Roldán mientras pasaba a la siguiente foto, en la que su marido tenía sus manos amarradas con unas medias de mujer.

Gonzalo anticipó la rutina. Las esposas –a pesar de tener sospechas previas, por lo que buscan los servicios de investigación– recurren a la negación tan pronto ven la evidencia. La señora Roldán no era distinta a las otras. Su ajuar y accesorios provenían de las tiendas más lujosas de

The Mall of San Juan. Su marido debe haberle dado una ristra de tarjetas de crédito para mantenerla ocupada en las cajas registradoras, pudiendo así darse las escapadas con aquella enfermera.

–Las fotos son falsas– anunció la señora Roldán como si estuviera en una telenovela y millones admiraran su actuación. Para añadir el dramatismo adecuado, lanzó el trabajo del detective sobre el escritorio.

Gonzalo Matías estaba acostumbrado a estos episodios. Hoy sentía ansiedad, pues en pocos minutos tendría una cita con el individuo más peligroso con que se haya cruzado en su carrera. Decidió ser paciente y seguir la rutina cien veces repetida.

–¿Por qué dice eso? –preguntó Matías, como si no anticipase la respuesta.

–Esto es "Fofochop" –respondió ella con un afán por sonar moderna, pero se percató que sonaba como un disparate moderno, así que prefirió añadir "Es un montaje en computadoras", aunque su única experiencia con computadoras era sacar dinero de la ATH y subir fotos a las redes.

–No es "Photoshop"– corrigió Matías.

—Mi esposo nunca me engañaría con una mujer de esa categoría.

Gonzalo miró las fotos sin ponerle atención. Las clientas siempre se enojan con el asunto de las infidelidades, pero si la amante resultaba ser un adefesio, se añadía un estado de insulto. No es posible, pensaban, yo soy mucho mejor que eso. Matías podía ofrecerle escuchar las grabaciones, pero igual sería una pérdida porque sospecharía de falsedad. Si le mostraba las imágenes de mensajes compartidos por Whatsapp, seguro diría que es otro "Fofochop". Trataría la lógica, lo cual es ilógico en situaciones emocionales.

—¿Qué ganaría yo con mentirle?— preguntó Gonzalo Matías dando otro vistazo al reloj.

—Yo iba a decir que esto es un error, e iba a pedir más investigaciones, y usted me cobraría más dinero.

Por eso de darle algún mérito, Matías pensó que la señora Roldán era una de las estúpidas más inteligentes que había atendido. Volvió a mirar la chilla del señor Roldán, brincando su enorme cuerpo desnudo en la cama, como exprimiendo uvas en las sábanas. Gonzalo Matías pensó en lo ridículo de la situación. Desde pequeño, influenciado por las aventuras de Hércules Poirot, juró ser detective. En un país donde abundan robos y crímenes sin resolver, sus talentos serían necesarios. Pero no era más que un espía de amantes, un patético chota en asuntos matrimoniales que no le concernían. La clienta se iba a negar a pagarle los mil dólares, y acabaría por aceptar quinientos, ésa era siempre la historia.

—Quizás ella es mejor en la cama— dijo Gonzalo con hastío.

La señora Roldán abrió los ojos como una explosión. No esperaba ese golpe.

—Usted no sabe cómo soy en el sexo, señor Matías.

Hubo un lapso de silencio de miradas fijas. Él no sabía si aquello era una invitación, y ella desconocía si su comentario había sido para calentarla, pero el asunto es que ambos estaban estudiando si lo apropiado era tener sexo. Gonzalo pensó que podría compensar por la parte del pago que no recibiría y, además, conocía por experiencia que el mejor sexo era aquel motivado por la venganza. La señora Roldán pensaba que éste era el próximo paso lógico dentro una telenovela.

Gonzalo Matías miró el reloj. El cliente importante

llegaría en diez minutos. Determinó que era tiempo suficiente, y soltó la hebilla de su correa.

Toño Júpiter

Pocos imaginaban que Toño Júpiter era el chupacabras. Tras escapar de la base de Vieques, adoptó el nombre del chofer del carro público que le llevó por primera vez al área metropolitana, y homenajeó al planeta que más le había impresionado en su paso por nuestro sistema solar. Antes de asumir su personalidad boricua, se escondió durante un buen tiempo en Canóvanas, bebiendo la sangre de algunos animales indefensos en pequeñas granjas.

Toño –que aún no se llamaba así– se preocupó por la alarma que causaba, y buscó alguna bebida que reemplazara su gusto por la sangre. Fue así como convirtió el pitorro en parte fija y constante de su dieta. Por fortuna, su resistencia al alcohol es fuera de este mundo. Su metabolismo solo tiene dos vulnerabilidades: la mayoría de las medicinas terrestres, y todo lo derivado del cerdo.

Llegó hasta la ciudad de San Juan, donde vivió con la

comunidad dominicana en Santurce. En aquel tiempo abundaban los inmigrantes ilegales en yola, y las caras en las calles cambiaban cada semana, así que no llamaría la atención.

Toño era muy feliz en esta nueva vida. Se convirtió en un ciudadano común: Aprendió a bailar merengue, reparar gomas de auto y a disfrutar de las diversiones caribeñas. Le encantaba el mofongo (sin chicharrón), la yuca en mojito de ajo, el arroz, la carne frita, las alcapurrias, la piragua, la cerveza. Toño había viajado media galaxia durante sus pocos siglos de vida, y nunca había estado en un lugar tan alegre, vivaracho y relajante. Estaba convencido, además, de que las mujeres más bellas del universo estaban en Puerto Rico.

Hablando de belleza: Toño Júpiter distaba de ser considerado lindo, ni tan siquiera se usaba el término "graciosito" para referirse a él. Toño Júpiter medía poco más de cuatro pies. Su color era identificado como trigueño por quienes no sabían describirlo, pero más bien era un tono parecido al cobre viejo. No tenía pelo, sus orejas lucían levemente largas, y sus ojos estaban demasiado pegados. La cabeza estaba estirada como la punta de un huevo, peculiaridad que Toño ocultaba usando una boina, que era una pieza de ropa que le encantaba. Su rostro era casi humano, con la excepción de la porción de la nariz y la boca. Lucía como si su cabeza fuese de barro y un artesano chapucero hubiese pegado un enorme pulgar en el centro de su cara y, como intentando hacer una espuela, hubiese hecho un movimiento torpe que dejó su boca donde uno esperaría encontrar la barbilla. Sus anchos labios ocultaban sus encías azules, dentro las cuales escondía a voluntad los colmillos de chupar sangre. Era tan feo, que muchas veces en las barras desconocidos se burlaban de él llamándolo, casualmente, "Chupacabras".

Cuando algún guapo de barra se burlaba de su aspecto, Toño no reaccionaba. Siempre evitaba recurrir al uso de la violencia, ya que tenía suficiente fuerza para triturarle la cabeza como una pelota de azúcar húmeda. Seguía bebiendo tranquilo, y si el agresor verbal estaba con una pareja, se la "levantaba". Con lo feo que era Toño, muchos se hubiesen sentido menos humillado con el cráneo convertido en arena.

Su truco era rápido y efectivo. Esperaba a que la

pareja de su víctima se quedará observándolo, lo cual siempre ocurría por lo llamativo de su aspecto singular. En el momento calculado, Toño enseñaba brevemente la clave de su éxito: su enorme lengua tenía forma de pene.

La lengua no parecía un pene ordinario. No, aquello era un pene de filme porno de los 70. Su lengua brillante tenía la forma del pene de un hombre afortunado, con grosor de salchichón y venas marcadas, un irresistible miembro de placer en piel de lengua. Ninguna mujer sensata ofrecía ápice de resistencia.

Toño Júpiter llevaba esta vida de satisfacciones cuando una tarde llegaron instrucciones en clave al comunicador que había fabricado con piezas de un recibidor de canales por satélite y otros artefactos, según aprendió una tarde en que transmitieron "E.T." en televisión.

La civilización de Toño –conocida como los dododododos, aunque usemos el argot de "chupacabras"– había identificado el Paraíso que Dios había creado. Sabían que el Creador tenía un lugar en particular para su disfrute. Después de millones de años de búsqueda, generaciones de matemáticos calculando sin descanso, estudios con los más reconocidos líderes religiosos del universo, y uso de algunos síquicos que estaban de moda, concluyeron la localización del lugar que con tanto anhelo buscaban.

El plan era llegar hasta Puerto Rico y en un acto ceremonioso, desintegrar la isla y a Dios. Los chupacabras han sido siempre el hazmerreír del universo, debido a su grotesco aspecto físico. Culpaban a Dios de su desgraciada naturaleza. Este deseo de venganza contra el Creador era lo que los motivaba a seguir reproduciéndose, a pesar de lo repugnante que les resultaba la experiencia. No importa las generaciones que tomara, estaban determinados a ser la raza que terminara con Dios.

Toño Júpiter estaba aturdido con la conclusión de que la Isla era el Paraíso, aunque cuando su nave vino en exploración a Puerto Rico, ya existían sospechas sobre el particular. Pero si acaso éste era el lugar, ya Dios no estaba aquí. Había que ir al Cielo, al Paraíso celestial, un concepto que los chupacabras desconocían porque nunca iban a la iglesia. Toño había aprendido sobre esto en Santurce, pero no dedicaba pensamiento al asunto. No tenía ningún rencor hacia el Creador. Al contrario, le fascinaba la llamada Isla del Encanto, y llegó a pensar que éste sería el único lugar del universo donde su raza podría ser feliz. Fuera de algunos chistes viciosos y unos pocos tipos con prejuicios no pensados, en Puerto Rico se trataba con mucha aceptación al extranjero. Además, aquí los chupacabras serían la sensación sexual. La comida era deliciosa, los paisajes cargados en belleza, la gente fiestera y amistosa, la música alegre y contagiosa. Por fin su gente sería feliz.

Los chupacabras no venían con expectativas de felicidad (una emoción a la cual estaban ajenos, no por formación neurológica, sino por pura desgracia). La visita pretendía la destrucción del Paraíso. Toño Júpiter no podía convencerles de lo contrario por su escueto sistema de comunicación, a través del cual solo podía enviar y recibir ciertas claves cortas ya establecidas para la misión.

La nave llegaría en unos años, y Toño debía preparar transmisores en dos torres. Fue así como trabajó en el levantamiento de la estatua de Colón en Arecibo, y otro tanto en la estatua de la Virgen del Pozo en Sábana

Grande, en un proyecto conocido como Ciudad Mística. Este proyecto siempre se consideró natimuerto, hasta que un donante anónimo ofreció millones de dólares para su construcción.

Durante sus labores de obrero, Toño logró esconder en la cima de cada monumento el artefacto que se requería para orientar la nave espacial. Tan pronto estuviera cerca, podía tener comunicación más completa con la nave, y convencería a los suyos a quedarse en este paraíso.

Todos estos años, Arthur Rock le ha seguido los pasos muy de cerca. Toño, con su agudo olfato, lograba identificar el particular olor del general, y escapaba con tiempo suficiente para perderle. Ya le había tolerado muchos interrogatorios a Rock en Vieques, y no se animaba a verle.

El problema de Toño, como casi todos los problemas del mundo, se originó en su corazón. Se enamoró de una preciosa y simpática mujer con la cual se reunía en un parador en Utuado, ya que ella estaba casada y tenían que encontrarse en algún punto remoto y privado.

Ningún chupacabras había estado enamorado antes, y

por eso Toño Júpiter desconocía que el amor les afectaba el sentido de olfato.

Pedro Alfonso

Pedro Alfonso Bosques, líder del MOL (Movimiento Organizado por la Libertad) caminaba impaciente en vaivén. Pronto recibiría los camiones tanques con el alcohol que necesitaba para lograr la independencia de Puerto Rico.

El MOL era una organización independentista que condenaba el uso de la violencia. Las acciones de estos grupos consistían de sentarse a hablar durante horas en contra del gobierno, asistir a cualquier protesta existente, y cometer pequeños actos de vandalismo, tan insignificantes que no lograban acaparar la atención de la prensa, a pesar de la intensidad con que escribían en las paredes de los baños. El MOL era diferente, y ya había logrado impactar iniciativas del gobierno.

Pedro Alfonso estaba oculto en un ranchón de una vaquería en Hatillo junto a tres compañeros de lucha. Esperaban por otros dos miembros del grupo. Mientras tanto mataban el tiempo con un juego de dominó al cual le faltaba el cinco-uno, el doble tres, el cinco-cuatro y el blanco seis. Tito se entretenía recogiendo hierbas cercanas y explicando sus propiedades curativas, Boris compartía citas históricas que el resto ignoraba, y Marcos pidió permiso para buscar la letra de una canción en Internet. Pedro Alfonso volvió a recitar los peligros de la tecnología digital. Por eso no podían escuchar música de sus celulares, y se habían limitado a escuchar el mismo CD de Pablo Milanés todo el día, ya que Tito –quien estaba encargado de la música– en lugar de traer éxitos de Roy Brown, el Jíbaro, Silvio Rodríguez y Danny Rivera, metió en su bolso los cidís de "Bad Bunny con la Orquesta Filarmónica de Londres", "Leandra La Bestia del Trap: Mamando es que se mama" y "La Vampi en Noche de Karaoke". Pedro Alfonso tiró los discompactos en una hoguera, bajo protestas de Tito, quien reclamaba que nadie le había especificado el tipo de música que deseaban y tuvo que seleccionar de la colección de su hermana.

Boris –anticipando que algo así podría ocurrir– trajo consigo un cidí de Milanés, pero de tanta repetición, Pedro Alfonso comenzaba a enloquecer. No cambiaba la música por temor a que Marcos tomase la guitarra e insistiera amenizar el ambiente cantando "Boricua en la luna", interpretación tan tortuosa que ponía en duda el juicio y capacidad de liderazgo de Pedro Alfonso por haber quemado los discos de "trap".

Hasta los radios estaban prohibidos. Según explicaba Pedro Alfonso con la elocuencia de un paranoico, las autoridades podían espiarlos a través de las ondas. El líder del MOL declaraba que el problema de Puerto Rico es que todos subestimábamos el poder del imperio yanqui. Los gringos, explicaba él, podían haber alterado todos nuestros equipos sin que nosotros nos enteremos. Se arriesgaba con el tocador de cidís solamente por no escuchar la voz cantante de Marcos.

Pedro Alfonso tenía motivos para comportarse tan maniático. Había concluido que un general del ejército de Estados Unidos lo venía siguiendo. En un aniversario del descubrimiento de Puerto Rico, su grupo fue a protestar frente la estatua de Colón, y Pedro Alfonso –siempre alerta– notó un carro estacionado a lo lejos, desde donde un tipo con obvia pinta de gringo espiaba con unos binoculares. Era el mismo individuo que estuvo presente cuando el equipo de MOL se había acostado en las carreteras para evitar que los materiales llegasen hasta la construcción de la estatua de la Virgen del Pozo, un proyecto de explotación capitalista que ignoraba la separación de iglesia y estado. Pedro no olvidaba un gringo. Pidió ayuda a los de GIA (Grupo Independencia Ahora), quienes tenían una base de datos creada en computadora, y descubrió que se trataba de Arthur Rock, un tipo que, según la devastadora información recopilada, era un general que trabajaba en la desaparecida base de la marina en Vieques.

El sábado anterior volvió a cruzarse con el general Arthur Rock. Estaba disfrazado de jardinero en un parador en Utuado, el lugar más insospechado para encontrárselo. Pedro Alfonso había ido a reunirse con el misterioso Tomás Babilonia, el traficante más grande de cualquier cosa en Puerto Rico y quizás en el Caribe. La reunión fue torpe, pues Babilonia lucía desconcentrado.

Por un momento Pedro Alfonso pensó que habían descubierto a Marcos escondido en el baúl de su carro. Babilonia le había exigido que asistiera solo a la reunión, lo cual sonaba arriesgado, así que Marcos se ofreció para ir escondido en el baúl y "enfrentarlos a todos si fuese necesario". Pedro Alfonso no sabía cómo Marcos pretendía agredirlos –quizás cantando, pensó– pero la inútil compañía le brindaba cierto alivio y valor.

Babilonia lucía como si sufriese un infarto, el aliento le faltaba, y sus ojos humedecían con lágrimas aguantadas. Algo interno parecía haberse roto. La reunión terminó de golpe, con Babilonia asegurando la entrega del alcohol según acordado. Pedro Alfonso no tuvo tiempo de explicarle que no podía pagarle.

Ahora se encontraba en el momento más difícil de su carrera como revolucionario independentista. Pronto sería el plebiscito, aún no le entregaban el alcohol, el proyecto estaba amenazado por un posible ataque de huracán, le perseguía un general del ejército, estaba arrepentido de lo que trajo en una bolsa de lona, y estaba preocupado con la tardanza de Graciela y Agustín. Peor aún: Las baterías del tocador de discos murieron y con ellas la voz de Pablo Milanés, y Marcos comenzaba a afinar su guitarra.

Konrad Moriarty

El Presidente de Estados Unidos se ajustó los calzoncillos mientras observaba su figura frente al espejo. Levantó el elástico hasta el ombligo, buscando ocultar la fofa barriga que había criado con mofongo relleno de langosta. Se viró, y descubrió que el truco dejaba escapar parte de sus nalgas, lo cual antes hubiese lucido sexy, pero con su reciente deterioro físico, el aspecto era tan atractivo como un animal atropellado en la carretera. Apagó la lámpara que estaba al lado de la cama, usando la oscuridad como escondite a sus ruinas. Odiaba recurrir a esto, pues sin luz sus ojos no podrían disfrutar la figura de Leandra.

Se metió debajo de las sábanas, y esperó –como una virgen de antaño en luna de miel– a que su pareja saliese del baño. Konrad Moriarty amaba estos momentos. Había llegado a ser el hombre más poderoso del planeta. Podía a su antojo destrozar económicamente un país mientras desarrollaba otros, determinar quiénes debían ganar en guerras lejanas, apoyar ciertos gobiernos y modos de vida, obligar a países a ajustar sus costumbres a las nuevas políticas externas. Podía dar el perdón al criminal más terrible o al político más corrupto, influenciar y desarrollar leyes que afectarían al resto del globo terráqueo, movilizar el ejército más poderoso en la Tierra, establecer normas que influirían en la salud de la Madre Naturaleza, pulverizar la humanidad con el toque de un botón.

Konrad no quería pensar en estas responsabilidades. En realidad, detestaba ser Presidente. Desde que una personalidad de "reality shows" llegó al puesto mayor de su país mediante disparates e insultos, decidió aprovechar su fama en la WWE, donde llevaba décadas de experiencia gritando y ofendiendo ante el micrófono. La democracia funciona por mayoría, y la mayoría no es racional. La mayoría prefiere el entretenimiento y las emociones fuertes. Nada como la lucha libre para regir los destinos de la civilización.

A pesar del puesto, Konrad Moriarty no se sentía poderoso. El único interés de su esposa era organizar cenas con celebridades para alardear frente sus antiguas compañeras del salón de belleza. Un hombre puede tener el poder de acabar la humanidad o reducir las injusticias sociales, pero si no se siente deseado, si no puede eyacular y sentirse como el macho más grande y vivo del planeta, entonces es tan insignificante como una hormiga bajo el agua.

Konrad Moriarty por fin se sentía poderoso, después de casi dos cuatrienios ordenando invasiones caprichosas y paralizando economías mediante embargos, solo por conservar su orgullo personal. Todo esto cambió gracias a su visita a Puerto Rico con un pretexto de empatía política, cuando en realidad deseaba ver una pelea de aniversario entre Carlitos Colón y Abdullah de Butcher. Se reunió en privado con el gobernador César Romelló, quien expuso los motivos para la estadidad, argumentos que ya conocía porque el gobernador se los recordaba por escrito cada dos semanas.

Moriarty hacía declaraciones vagas para mantener a Romelló tranquilo, y se sacudía el problema indicando que eso le tocaba al Congreso. Ahí Romelló le pedía que abandonase ese pretexto, que el Presidente tiene influencia con los políticos de su partido. Pero el

Presidente no tenía la más mínima intención de empujar la estadidad a la isla. La claque poderosa y adinerada en Estados Unidos había estado comprando los terrenos y facilidades de Puerto Rico a precio de raja tabla –gracias a presiones de la Junta Fiscal– con la intención de convertir la isla en su exclusivo oasis caribeño, donde podrían disfrutar una naturaleza envidiable, un clima de maravilla y una comuna de multimillonarios que contarían con las mujeres más bellas que existen y una mano de obra desesperadamente barata.

La reunión se extendió y Moriarty pidió que prendiesen el televisor "para conocer la cultura local", pero deseaba cruzarse con la lucha. Todos los sentidos de Moriarty se despegaron de la letanía estadista para afinarse alrededor de la figura femenina que se movía por la pantalla enseñando sus increíbles carnes dentro un apretado vestido amarillo que parecía hecho con un guante de cocina. La cantante revolcaba su piel de bronce sobre la arena mojada, y blancos granos de arena se pegaban a su brillante tez como estrellas en el firmamento. Su nombre era Juana Luisa León, pero se lo había cambiado a simplemente "Leandra", por eso de tener su gancho artístico y mercantil como modelo. Cuando eso no funcionó se renombró "Leandra La Bestia del Trap".

Konrad decidió en ese momento que esa mujer debía pertenecerle, que ella era la persona que más él había amado, que sus años de campaña, servicio público y humillación habían sido poca inversión para este destino. Al carajo con su buen nombre, al carajo con el futuro de la nación, al carajo con el bien de la humanidad, y al carajo con la Primera Dama. Tenía que conocer a esta mujer. Ahora.

Se disculpó con el Gobernador, se acercó a sus dos guardaespaldas, quienes a través de las gafas oscuras miraban el increíble espectáculo carnal en televisión, y les indicó que debían conseguir esa explosión femenina. Gart y Bart, que parecían dos clones que solo podías distinguir si los llamabas por su nombre, se miraron sorprendidos, no tanto por la naturaleza de la asignación sino por la ansiedad del mandato.

La cita secreta para conocer a Leandra fue ignición inmediata para el mayor vicio en toda su vida: Ella. La joven se oponía a mudarse a Washington, pues aseguraba estar despegando su carrera en Puerto Rico. Konrad Moriarty diseñó un esquema para frecuentar la isla. Dejaría a su doble –un tipo casi idéntico que existía para coger balas por el Presidente– a cargo mientras él visitaba la isla de manera clandestina, con la vigilancia mínima para mantener seguridad pero lograr discreción. El Presidente accedió a muchos favores para que el Servicio Secreto accediera a ayudarlo, y todos los envueltos lo hacían gustosos, pues mientras menos Moriarty gobernara, mejor para el país y para el mundo.

El Presidente se sentía vivo, fuerte y vigoroso, como cuando era estrella de la lucha libre. Solo que ya no conservaba el cuerpo de atleta. La carrera política había deshecho su cuerpo. Ahora agonizaba en inseguridad, preocupado de que sus carnes mongas causaran que esta aventura terminara.

Leandra salió del baño, luciendo su estatuesca forma entre la luz y la oscuridad. Se acercó a la cama como una pantera al acecho, y Konrad se sintió felizmente intimidado, débil por la anticipación. Ella bajó las sábanas. Leandra dijo algo en español que, como siempre, él no entendió. Sintió los dedos de ella colarse por el elástico del calzoncillo y deslizarse hasta remover la prenda. Entonces se le sentó recta encima, atrapándolo con sus lisas y duras piernas. Ella le preguntó si quería hacer el juego de la piña colada, una tontería que ambos habían inventado. Eso sí lo entendió y, casi sin aire, movió su cabeza en afirmativa. Leandra empezó a simular el zumbido de un motor, mientras se agitaba temblorosa como una licuadora, aguantando su risa, pues según el juego, Konrad debía gritar piña colada, pero le salía ¡pinga culada! ¡pinga culada!

Tomás Babilonia

Tomás Babilonia llegó a la oficina del detective Gonzalo Matías diez minutos después de la hora acordada. Para él la puntualidad no era importante, pues una cita era como una ley acordada, y si había algo que Babilonia no respetaba, era la ley. En cambio, siendo un hombre que hacía esperar a todos hasta dos y tres horas de la hora acordada, diez minutos señalaban alguna anomalía. Tomás era un hombre corpulento que se negaba a aumentar el tamaño de sus mahones desde hacía tres tallas. Vestía una camisa blanca bien planchada, donde lucían algunos oscuros pelos que habían escapado de su frondosa barba.

Tomás Babilonia era el tipo más temido en Puerto Rico, y posiblemente en el mundo entero. Según se cuenta, a los siete años de edad vendía bolita, y gracias a su adelantado desarrollo físico, su padre ya lo ponía a cobrar sus préstamos de usurero. A los trece casi todos sus rivales habían sufrido lamentables "accidentes", y antes de terminar la escuela superior era el rey de las drogas en el oeste de la isla. En los siguientes ocho años logró dominar el mercado de armas, drogas, juegos ilegales, prostitución, asesinatos a la orden, chantaje, extorsión, falsificación, fraude y bienes raíces desde el extremo este de Puerto Rico hasta el oeste de Cuba, incluyendo operaciones en Nueva York, Chicago, Miami, Los Angeles, San Francisco, Dallas, y otras ciudades en los Estados Unidos. Eso era el comienzo. Dos décadas más tarde, no había transacción ilegal que desconociese, servicio que no brindara, ni límite a su imperio. "Ningún crimen es criminal para nosotros" era su lema. Según se dice, la mera mención de su nombre hacía que "El Chapo" se cagara encima.

Cuando Gonzalo recibió la llamada de Babilonia pidiendo cita y exigiendo confidencialidad extrema, más ofreciendo veinte mil dólares por un "trabajo sencillo", pensó que se trataba de algún tipo de operación intrépida, como conseguir la identidad y localización de algún testigo determinante, o encontrar los traidores detrás de alguna fracasada transacción. Gonzalo aceptó ilusionado, no por el dinero, sino por la ansiedad de realizar algún trabajo detectivesco que no conllevase amantes, aunque esto requiriera trabajar para los mismos que él soñaba encerrar.

Así que, cuando Tomás Babilonia se sentó en la silla en la cual poco antes el detective tuvo sexo con la señora Roldán, y sin haber dicho una palabra, rompió a llorar, Gonzalo Matías casi le acompaña en las lágrimas. Era obvio que se trataba de otro asunto de corazones rotos.

–Si le dice a alguien que lloré– advirtió Babilonia con la vista baja, doblando su pañuelo mientras controlaba los últimos temblores de su llanto– lo mando a matar después de que vea cómo le sacamos los órganos por la boca a cada miembro de su familia. ¿Alguna duda?

–Ninguna– fue la respuesta de Gonzalo y de cualquier otro que hubiese estado en su lugar.

Tomás Babilonia compartió su historia. Aunque rara vez atendía en persona a sus clientes, accedió a reunirse con un desconocido por petición de un contacto poderoso. Se trataba de un tipo que necesitaba varios camiones tanques llenos de alcohol, un pedido inusual pero que podía cumplir con "algo similar". Se reunieron el sábado anterior en un parador de Utuado. Estaban conversando sobre los detalles de entrega cuando vio algo que no podía explicar. Era su esposa, Zahira Palmer, su caramelo de vida, su payasita Aleluyí, caminando en dirección del pasillo que llevaba a los cuartos de los huéspedes.

Gonzalo esperaba que la narración tomara intensidad, con Babilonia siguiendo a su esposa, descubriendo al amante, y rompiéndole la columna vertebral a cada uno. Nada de eso. Según continuaba el relato, el corazón de Babilonia se arrugaba y encogía como una lapa en una ducha de sal. Temeroso que el cliente lo viese llorar, Babilonia terminó abruptamente la conversación y se marchó del parador. Dos guardaespaldas lo habían acompañado, y tan pronto llegó a su hogar, le pidió a Isabelino Santiago, su gatillero de confianza, que los matara. Temía que ellos también hubiesen visto a Zahira y fuesen a comentarlo.

—Quiero saber quién es el cabrón. Le voy a mandar a la muerte más terrible que haya ordenado— advirtió Babilonia, y notando el rostro de preocupación del detective, aclaró— Usted no tiene que preocuparse si hace su trabajo y se queda callado. No puedo asignarle la tarea a ninguno de mis empleados pues me perderían el respeto. No lo hago yo mismo porque no podría verla con otro.

Tomás Babilonia retomó el llanto. Gonzalo lamentaba aceptar la desagradable tarea, y se preguntaba cómo fue seleccionado por el maleante. El detective jamás se habría imaginado que se debió a que, siendo mucho más joven, corrió en unas primarias para representante por el Partido Popular Democrático por un distrito de Arecibo y perdió malamente. Babilonia recopilaba los detalles de todo aspirante político. Siendo Gonzalo un seguidor del partido de la pava, Tomás sentía que al menos podía tener cierta confianza en él. "No confíes en nadie" –solía decirle a sus allegados– "Y mucho menos si es estadista o independentista".

Tomás Babilonia era un fuerte defensor del estadolibrismo por unas profundas convicciones: su familia había sido siempre Popular. Más adelante su posición se fortaleció por las necesidades del negocio. La estadidad no le convenía, porque esto aumentaría la presencia y fiscalización federal. La independencia no era buena opción, pues sabía que la abundancia de dólares federales en el país ayudaba a los compatriotas a invertir en apuestas y drogas. Además, con la independencia se dificultaba la entrada de sus encargos a Estados Unidos. La opción del ELA le permitía gozar la prosperidad de su negocio con riesgo mínimo.

A pesar de sus convicciones, Babilonia no discriminaba en los negocios, siempre y cuando no intentaran convencerlo de que la independencia o la estadidad le convenían al país. En esos casos, él usaba su argumento más persuasivo, que era ordenar que le abrieran el cráneo al ignorante, tiraran su cerebro al piso, y entonces él mismo lo aplastaba como un pedazo de bizcocho.

–¿Cuándo usted cree que se vuelvan a ver? – preguntó Gonzalo.

– Siempre llega tarde los viernes y sábados, yo pensaba que era porque las tiendas cierran más tarde. Me conozco, y no quiero actuar impulsivamente. Soy capaz de tumbar el parador y la montaña completa ahora mismo. Quiero convencerme. Use esto.

Babilonia le entregó una cámara en forma de

bolígrafo dorado, de esos que se usaban para sacar fotos escondidas. Ya hay alternativas menos obvias, pero Gonzalo no iba a discutirle.

Gonzalo Matías. Aún sentía el dulce olor de Johanna Roldán. No le tomó cinco minutos a ambos descubrir que eran parejas espirituales y sexuales. Ella abandonaría a su esposo, pasarían juntos esa noche y la del sábado, y el domingo en la noche partían de viaje. Pero ni loco iba a permitir que este romance interviniera en el trabajo con Babilonia. Aceptó la asignación: Esta misma noche descubriría al desafortunado.

Leandra

La reunión entre Leandra León y César Romelló ocurrió en la casa de playa del gobernador en Dorado. La cantante se sentó en una butaca y cruzó una pierna, la cual escapó por debajo de su falda para enseñar su muslo perfecto, su pantorrilla perfecta, y la cadenita de oro que rodeaba su perfecto tobillo. Vestía unas sandalias de paja que exhibían sus perfectos dedos como dulces en un platillo de delicias para picar. No se quitó el sombrero que descansaba sobre su perfecto pelo negro y lacio que caía sobre sus perfectos hombros. Su blusa estaba abierta hasta el botón preciso para dar un discreto aire de accesibilidad a sus sólidos y perfectos pechos.

Desde niña, Juana Luisa –que era su nombre en esa etapa– ya tenía su ambición bien clara y precisa: Iba a ser rica y poderosa temprano en la vida. Durante su infancia, admiró a las modelos semidesnudas que frecuentaban la pantalla de la televisión, las páginas centrales de los periódicos y las portadas de revistas de farándula. La clave de la fama, el éxito y la atención era simple: estar buena.

En el tiempo que le tomó desarrollar su cuerpo, los medios fueron cambiando. Las modelos fueron desapareciendo de la televisión, bien sea por cansancio visual o por la oferta ilimitada en las redes de Internet. Los periódicos adoptaron la filosofía liberal de que chicas en bikini era un acto contra la mujer, esto después de años de lucha de los liberales para que las mujeres gozarán la libertad de mostrar sus cuerpos. Las revistas de farándula como Vea y TeveGuía abandonaron su contribución social de ofrecer fantasías sexuales para los aburridos en la fila del supermercado. Sin ceremonia ni escándalo, terminó una era de celebración a la belleza del cuerpo femenino.

Juana Luisa olvidó sus sueños de megamodelo. Ya había cursado dos años en la escuela de leyes cuando identificó el cambio social: Ahora el principal estímulo sexual era musical. Las mismas jóvenes que declaraban feminismo y respeto a la mujer, convertían sus cuerpos en cómplices del ritmo del reguetón, un género musical que hacía lucir a las criticadas modelos semidesnudas como predicadoras del recato.

El próximo paso en la tendencia era el "trap", un derivado del "rap" y la música electrónica, que contaba con letras que lucían como poemas escritos por Simeón el Bárbaro. Juana Luisa decidió que ésta era su ruta. Dejó los estudios (ya habría tiempo para ser abogada) pues quería aprovechar este momento de su vida en que su cuerpo era joven y atractivo. Ahora mismo debía ser artista. Primero, debía pasar de "estar buena" a "estar buenísima".

Su figura no le había llevado a la televisión o las páginas centrales del periódico, pero le ganó un buen puñado de seguidores en Instagram, donde decidió probar su nuevo nombre más sexy al oído: Leandra.

Vendió su carro, retiró el dinero que le había regalado su abuela antes de morir, y lo juntó con los escasos ahorros que había logrado en su trabajo de mínimo por hora. Invirtió lo acumulado en un buen par de senos, se rellenó las nalgas y cambió a lentes de contacto. Aún tenía una pipita que disimulaba con una faja, así que viajó a Colombia y removió esa grasa mal usada y la distribuyó estratégicamente en sus piernas. Se alisó el pelo hasta convertirla en una fina hebra que tenía que mantener usando una diversidad de químicos cada mañana. Dedicaba dos horas diarias a broncearse en la playa y tres al gimnasio. Sus nuevas fotos elevó el puñado de seguidores de Instagram a legiones multinacionales. Todas las noches separaba tiempo para componer canciones.

Tras ahorrar sus nuevas ganancias como anfitriona de eventos para una distribuidora de cervezas, Leandra invirtió el dinero en su primera producción discográfica y vídeo musical. Usando el nombre artístico de "Leandra La Bestia", produjo un provocador vídeo que compartió en YouTube. Leandra se revolcaba en la arena con una minúscula pieza amarilla. Fue su manera de vivir el sueño de ser "Poder de la Semana".

El problema del vídeo musical era que Leandra cantaba.

Quiero que me des huevo
Huevo huevo huevo

Sea frito, cocido o revuelto

Pero si lo tienes duro

Papi dame tu huevo bien duro

Su voz sonaba como un gato en la horca. No había propósito de ritmo y tono. El vídeo se volvió viral, y en pocos días ya millones le habían visto. Leandra sabía que se burlaban de ella, pero ya había aprendido de sus ídolos del modelaje cómo manejar esa situación: Declaraba que quienes criticaban estaban celosa de ella. La prensa le ofreció atención constante, y su vídeo era repetido continuamente en televisión.

Leandra confiaba que esta atención significaría nuevas oportunidades, pero no tardó en darse cuenta de que la consideraban una divertida y atractiva curiosidad y, como todas las curiosidades, el efecto es temporero. Tenía el reconocimiento que deseaba sin el poder y respeto que aspiraba. Su oportunidad llegó en forma de dos agentes estadounidenses llamados Gart y Bart, quienes exigieron hablar con ella después de su presentación en unas fiestas patronales. Leandra los atendió con interés, pensando que Hollywood al fin la había descubierto. Ellos le explicaron que venían de parte del Presidente de los Estados Unidos, y que éste quería conocerla en persona.

Leandra quedó fascinada con Konrad Moriarty, pues resultó ser un hombre cariñoso y divertido. Tuvieron un poco de dificultad con el idioma, ya que ella no dominaba muy bien el inglés. Tras unas cuantas visitas secretas, ella accedió a sus delicados gestos románticos, y pasaron a la etapa de amantes. Cada cierto número de semanas él visitaba la isla en secreto, y entonces sus dos guardaespaldas lo guiaban hasta un parador en Utuado, y allí se encontraba con ella. Leandra le sugería que mejor se consiguiesen una casa para sus encuentros, ya que ambos eran reconocidos y podían ser descubiertos. El Presidente le indicó que el parador era seguro pues tenía un arreglo con la dueña para mantener el mínimo de huéspedes. También le encantaba la idea de los disfraces para encontrarse en un lugar tan insospechado, jugando a descubrir la nueva apariencia del otro. El Presidente se comportaba como un chico enamorado, y lo era.

Leandra no tardó en sacar provecho al asunto. Le pidió, a modo de broma, que proclamara una semana oficial para la morcilla, y a los pocos días lo vio haciendo el anuncio por un canal de noticias, expresando los atributos de este manjar. En otro momento le pidió que se pusiera una corbata de los Looney Tunes como una manera secreta de mandarle cariños a través del televisor, y desde entonces vestía siempre una corbata del Gallo Claudio. Leandra dominaba al hombre más poderoso del mundo.

César Romelló se sentó en una butaca frente a ella, sosteniendo un whisky con hielo, o lo que él llamaba "una verdadera bebida de gringo, God Bless America". El trago sonaba como una campanita, delatando el temblor nervioso del gobernador ante tal mujer. En una esquina lejana estaba parado el asesor y hombre de confianza del gobernador, un flaco y extraño tipo llamado Millán Gil, que era del total desagrado de todo el país excepto de Romelló, quien lo consideraba como un hermano desde que rescató una chiringa que el viento le había llevado a los nueve años de edad.

—En verdad que usted es preciosa— no pudo evitar decir César Romelló

—Eso sí es original— contestó Leandra, quien había descubierto que podía ser lo pesada que quisiera y los hombres la iban a tolerar.

–¡Ja, ja!– rio ficticiamente el gobernador, intentando deslucir la cortante respuesta como una broma bien intencionada – Mire, Leandra: Deseamos saber si ya le pidió al Presidente que apoye la estadidad para el país.

Leandra levantó los hombros, indicando:

1) Que no había pedido nada de eso

2) Que no le importaba

El PNP le había pagado por ese cabildeo, pero Leandra prefirió quedarse con los treinta mil dólares aunque no cumpliera. Aquello era una encomienda demasiado grande, y ella no iba a desperdiciar los favores que le correspondían. Prefería usar la oportunidad para pedirle al Presidente que le consiguiese un trabajo de actriz o un contrato con una casa disquera.

–Le he pedido, pero no quiere– mintió Leandra mientras añadía el efecto debilitador de un cruce de piernas en la otra dirección.

–No se preocupe por eso, tenemos un plan nuevo.

César Romelló puso en la mesita que los separaba un pequeño bolígrafo dorado. Según explicó, después de activarlo, el aparato lanza fotos a la frecuencia programada. Lo único que ella debía hacer era localizarlo en el cuarto antes que llegase el Presidente. Las fotografías quedaban en un chip de memoria en el bolígrafo el cual debía entregar al día siguiente. Leandra primero pensó burlarse de aquella tecnología tan retrasada que el Gobernador le presentaba como una maravilla digna de James Bond. Después pensó protestar por lo inmoral de todo el asunto. Entonces decidió quedarse callada, pues en ese momento el Gobernador le dijo que la paga sería cien mil dólares, suficiente para varias décadas de remociones de grasa, estiramiento de pellejos y discos sin vender.

César le aseguró que las fotos jamás serían publicadas, ya que el Presidente no lo permitiría. Lo único que el gran mandatario debía hacer era, en la mañana del plebiscito, anunciar públicamente que daba total respaldo a cualquiera que fuese el resultado de la consulta, y que presionaría al Congreso para que esta vez el mandato del pueblo se convertiría en acción. Además, debía garantizarles que podrían conservar el idioma castellano, el equipo olímpico y, básicamente, todo lo que quisieran. No le daría tiempo a la oposición a responder a tan efectivo mensaje. La estadidad vencería en el plebiscito.

César Romelló babeaba mientras hablaba. Leandra se arregló la falda, pensando que estaba siendo ligada, pero la excitación era causada por imaginar la estadidad tan cerca, tan linda, tan desnuda, tan puta.

Cuando Leandra se encontró con el Presidente esa noche, puso el bolígrafo espía a trabajar, se metió al baño y tardó varios minutos, esperando que se agotara la memoria de la cámara, pues el compromiso era tener fotos del Presidente, ella no quería aparecer en esos revolúes. Que se conformen con fotos del Presidente esperando en la cama. Salió del baño, y Konrad Moriarty le habló como nadie nunca antes.

El Presidente le declaró su amor, dijo que abandonaría a su esposa y su puesto, que le había conseguido un contrato en Hollywood para convertirla en la próxima Jennifer López, que él estaría con ella en cada momento, que con su lengua limpiaría su camino, que le compraría una mansión frente al mar en San Francisco, que allí podían vivir sin preocupaciones gastando su tremenda fortuna, no importa si muero rápido y pobre, quiero unos años completos contigo y entonces sí habré vivido.

Leandra no entendió mucho, pero el tono en que Moriarty le habló –con tanto amor y deseo de hacerla feliz– fue suficiente para emocionarla. Traicionarle de esta manera era injusto y cruel. Movió su cartera para tapar el lente del bolígrafo. Entonces embistió a su amado, jugaron a la piña colada, al acordeón, a los sapos siameses y al ataque de hipo. Hicieron el amor como nunca nadie lo había hecho en toda la historia del placer humano. Ambos estaban empapados de sudor y lágrimas.

Cuando Konrad se metió al baño, Leandra tomó el bolígrafo fotográfico e intentó sacar la tarjeta de memoria, pero no sabía cómo abrir el artefacto. Sintió que Konrad apagaba la ducha, así que abrió una ventana, tiró el bolígrafo al patio trasero, y se acomodó sobre las almohadas a esperarlo. La noche apenas comenzaba.

Kikitillo

Kikitillo brincó justo a tiempo para evitar que el enorme cilindro dorado aterrizara en su cabeza. El movimiento de las hojas fue una rápida y efectiva alarma contra el peligro. Estuvo tranquilo unos minutos, y al ver que aquello era inofensivo, se le acercó y lo observó con calma. Se trepó encima, sin ninguna otra razón que mero aburrimiento. Los demás compañeros de la montaña, un poco más grandes aunque con un cantar más lento, le habían dado la bienvenida cuando se durmió entre unos cocos playeros y amaneció en las montañas de Utuado. Cuando empezó a impresionar a las hembras con su enérgico canto, los varones comenzaron a marginarlo. "No es que seamos racistas" le indicó un coquí racista cuando Kikitillo lo confrontó "Pero por algo Dios nos hizo diferentes a los de la montaña y la costa. Cada cual con los suyos".

La noche comenzaba a caer, las hojas estaban

húmedas gracias a una corta llovizna. Kikitillo decidió cantar para marcar el artefacto dorado como suyo, y de paso tratar algún levante. Notó en uno de los balcones del segundo piso a un turista –era obvio por la pinta de gringo– sentado con un libro en una mano y una piña colada en la otra. El orgulloso eleutherodactylus coqui se alegraba cuando visitantes disfrutaban de su terruño, así que con bríos y fuerzas, fortaleció su impresionante cantar, que se destacaba sobre el canto más lento y calmado de sus compañeros.

Arthur Rock estaba leyendo una popular novela sobre una mujer enamorada de un billonario sadomasoquista. Aunque no sentía afán por las novelas de amor, sí disfrutaba cualquier referencia al sadismo. Estaba pasando un rato ameno hasta que comenzó el sonido del coquí, el cual después de tantos años su sistema no había logrado asimilar. Molesto, se refugió dentro del cuarto. Cerró la puerta de cristal que daba al balcón y puso el televisor en un canal cualquiera. Kikitillo brincó hasta quedar justo bajo el balcón y agudizó su cantar para que aún pudiese escucharle. El volumen del televisor estaba en lo máximo, pero bien fuese por sugestión o discrimen auditivo, el general aún escuchaba con nitidez el coquícoquícoquícoquícoquícoquí.

Arthur Rock movió su vista por el cuarto, se topó con uno de sus zapatos, lo agarró firme con una mano, abrió la puerta de cristal, se recostó contra la baranda, y frunció su ceño, concentrando su oído en localizar al pequeño anfibio. Kikitillo se alegró de verlo salir, y aceleró su canto a modo de saludo. Entonces Rock le tiró con el zapato, el cual invadió la naturaleza con un ruido ensordecedor y aterrizó a pocas plantas de distancia de su blanco. Fue como el ataque de un misil aéreo. Otros anfibios que estaban en el área huyeron, pero Kikitillo no se inmutó. ¿Qué carajo se cree este gringo?, pensó.

–¡Coquí! ¡Coquí!– cantó Kikitillo, ya no por alegrar, sino por joder.

–Shut up! – gritaba Rock.

–¡Coquícoquícoquícoquícoquí!– contestaba Kikitillo.

–Stop it, bastard!

–¡COQUÍCOQUÍCOQUÍCOQUÍCOQUÍ!

Arthur Rock entró al cuarto, desapareciendo de la vista. Un coquí muy viejo, viendo la situación, se acercó a Kikitillo, y le advirtió que no debía meterse con los estadounidenses, que mira de eso es que vive el turismo, que con eso se pagan estudios para nuestra conservación, que si no, esto acaba como Venezuela. Kikitillo, con mucho respeto, le dijo que no jodiera con campañas de miedo, que nadie –fuese gringo o boricua, no importa– le iba a prohibir cantar.

Arthur Rock apareció en el patio y el coquí viejo – por la sabiduría que trae la edad– huyó al carajo. Kikitillo se quedó allí cantando, dispuesto a dar la batalla. Rock cargaba una pistola en una mano y una linterna en la otra. Iba con sus botas aplastando las plantas como un Godzilla capitalista, pisando la húmeda tierra esperanzado de aplastar al coquí o alguno de sus familiares queridos. La linterna cayó sobre los ojos de Kikitillo, tomándole por sorpresa. Quedó ciego por un instante, pero conocía muy bien su región. Se trepó en una hoja y guardó silencio. Rock se detuvo, presintiendo estar cerca. La luz aterrizó sobre el bolígrafo. Arthur lo recogió sorprendido, pues no recordaba haber perdido uno de los suyos.

Kikitillo aprovechó la distracción. Dio un par de brincos y se enganchó del pantalón de Rock, cerca del tobillo. ¿Por qué mortificar un rato cuando se puede joder toda la noche? Volvió a cantar.

Rock se agitaba como baile sobre hormigas bravas, apuntando con la linterna y el arma. Kikitillo continuaba cantando, y Rock gritaba miles de improperios y maldiciones a sus pies, como si estos estuviesen poseídos por demonios. Entonces fue que Macoto lo agarró por el cuello, lo tiró contra el piso y le quitó la pistola.

Arthur Rock giró la cabeza y pudo ver quién lo tenía aprisionado contra la tierra. Era el gigantesco tipo aquel que parecía trabajar en todas las áreas del parador, bien fuese limpieza, cocina, mostrador, tienda de regalos y seguridad. Su rostro era de bestia bruta, pero ahora lucía más intimidante, con marcas de una mordida en el rostro. Detrás de él estaba Gart –o quizás era Bart, pero digamos que era Gart– con la mano dentro de gabán, como sosteniendo un arma. Esto impresionó a Rock, quien podía de un simple vistazo reconocer agentes del Servicio Secreto de Estados Unidos.

Rock protestó, y amenazó con demandar si no fumigaban y envenenaban a los inútiles y molestosos coquíes. Macoto le explicó, en su inglés masticado, que no le metía un manotazo porque este caballero aquí me pidió que no le hiciera daño, que cualquier cosa él se ocupaba de eso. Rock notó en la cara de cemento de Gart un gesto de seria amenaza y durante una larga pausa, forcejaron autoridad con sus miradas. El guardaespaldas le pidió a Macoto que liberase al general. Cuando se sintió liberado, Arthur agredió con insultos a Macoto, como mira con quién te metes, recuerda que tienes que hacer lo que queramos, bruto atrasado, bestia tercermundista, coño qué clase de golpe y volvió a caer al piso.

Gart era quien lo había derribado con un puñetazo en la frente. Kikitillo, viendo aquello, cantó agradecido, y fue como tirarle una cubeta de agua a un gato. Rock empezó a patalear, y Kikitillo se agarró con fuerzas a la tela del pantalón, mientras Gart le daba otro golpe al militar para calmarlo.

Rock impresionó a Gart al no perder el sentido. Se puso de pie, enseñó sus credenciales, intercambiaron códigos, y quedó claro que ninguno podía obstaculizar el trabajo del otro. Arthur Rock recuperó su arma, y tirando maldiciones, caminó hasta su cuarto. Reconoció que le habían golpeado fuerte, pues pensó que alucinaba cuando vio a lo lejos cruzar –por el enorme estacionamiento del parador– a un cerdo vestido de Alexander Hamilton. Gart siguió a Rock hasta la puerta del cuarto para asegurar que se retiraba. Macoto esperó que ambos se fueran, pues durante los golpes del agente secreto, notó que al jardinero se le cayó un bolígrafo dorado, y eso era justo lo que estaba buscando.

En el cuarto, Kikitillo aprovechó para ocultarse en un tiesto cerca de la cama. Rock intentó darle forma a sus pensamientos. Le molestaba encontrar agentes del servicio secreto allí, invadiendo su misión, queriendo robar el crédito de sus años de trabajo y sacrificio. Lo más mortificante era que habían interrumpido su cacería del coquí. Su misión en Puerto Rico se acercaba a su fin, así que necesitaba un método de exterminio infalible que estuviese disponible pronto.

Arthur Rock estaba tirado sobre la cama, pensando con la vista perdida en el monótono techo. Podía escuchar a lo lejos los coquíes, pero el canto particular que le irritaba había desaparecido. Quizás, después de todo, había logrado aplastar el animalejo.

Kikitillo esperaba a que Arthur Rock luciera relajado, y el momento ya había llegado. Con sigilosos brincos llegó hasta la almohada, y una vez alineado con el canal auditivo, soltó un sonoro COQUÍ que lo sobresaltó y tumbó de la cama. El General se levantó aturdido y encabronado. Por más que buscó al coquí, no se percató que éste brincó al baño y se escondió detrás del inodoro. Arthur Rock levantó las sábanas, pisoteó las almohadas, volcó las camas, deshojó la planta en el tiesto, arrancó las cortinas, y justo cuando entró al baño, sonó una alarma en un aparato que tenía en su maleta. Significaba que la novia del chupacabras prendía su carro para retirarse.

El plan de Arthur Rock hasta el momento era aprovechar este momento para entrar al cuarto de Toño Júpiter, y obligarle a descifrar todos aquellos mensajes interceptados. Rock necesitaba los detalles de la pronta llegada de los extraterrestres.

Pero tuvo que cambiar sus planes debido al incidente con el anfibio y sus consecuencias. Si el Servicio Secreto lo estaba siguiendo, querían eso mismo, que los llevara hasta el chupacabras. Esperaría hasta otro momento.

Mientras tanto, se ocuparía de su nueva obsesión. Si

no iba a poder exterminar a todos los coquíes, al menos quería asegurarse de eliminar uno en particular. Su contacto militar no le iba a conseguir lo que él necesitaba sin antes pedirle montones de explicaciones. Llamó a la persona que podía ayudarle, el único individuo capaz de cumplir cualquier necesidad en el Caribe y en varias ciudades de Estados Unidos. Kikitillo no entendía sus palabras, pero no le gustó en absoluto el tono de su voz.

—Necesito la bomba más potente que tengas.

Sábado

Graciela

En la mañana del sábado, ya los planes del MOL estaban atrasados. Graciela Guzmán estaba, como el resto del grupo, preocupada por la reciente conducta de Pedro Alfonso. Iba en el asiento de pasajero de una "pick-up" en ruta al ranchón, y sospechaba que esta tardanza tendría consecuencias. No podía haber imaginado las proporciones.

Graciela entró al movimiento independentista en la universidad porque era donde mejor encajaba socialmente. Ella nunca había sido popular en la escuela, siendo objeto de burla por su tablada figura, su abundante e impeinable pelo, y sus enormes espejuelos "culo de botella". Nunca se maquillaba, vestía ropa holgada, calzaba chancletas y lucía prendas compradas en los festivales de artesanos. Los independentistas aplaudían su sencillez y rebeldía estética. Pronto asimiló las ideas de sus compañeros, aunque no se atrevía a confesar que, la verdadera razón por la cual se oponía a la estadidad, era porque Puerto Rico dejaría de participar en los concursos de Miss Universo.

Su integración con el MOL fue pronta y lucida. Cuando Pedro Alfonso notó su talento para las ilustraciones, le pidió participar en un proyecto secreto que consistía en falsificar una publicación del gobierno. La operación fue todo un éxito, y el gobierno estadista quedó en burla. Desde ese momento, para Graciela no existía hombre más fascinante, genial y seguro que Pedro Alfonso.

La camioneta se bamboleaba como una cama con una tropa de niños brincando encima. Agustín Quiles iba, conforme su condición de varón, intentando lucirse al volante, como si eso fuera a causar una gran impresión. Hablaba tonterías, hasta que llevó la conversación en la dirección que deseaba, y sorprendió a Graciela con comentarios entusiasmados sobre su aspiración de conseguir un empleo bien renumerado, comprar una casa en una urbanización cerrada, vivir junto a una esposa a la cual amar hasta la muerte, y tener al menos cuatro hijos correteando por la casa, a quienes armarles sus bicicletas en la noche de Navidad. Entonces disparó, con tono de broma para poder hacer más llevadero un rechazo, si ella se casaría con él.

Graciela respondió por reflejo, declarando que el matrimonio es un invento de la iglesia y de la tiranía del patriarcado para controlar y limitar a la mujer en una posición de explotación y abuso, un mecanismo para chuparle sus energías en beneficio y conveniencia del hombre. Además le recordó que su corazón pertenecía a Puerto Rico, islita por la cual estaba dispuesta a dar su vida mil veces a cambio de verle libre. Le reprochó que en estos momentos tan críticos, estuviese consumiendo carga mental en semejantes ideas burguesas y capitalistas.

En el fondo, sus razones eran otras. Estaba enamorada de Pedro Alfonso, aunque su relación estaba malamente estancada. Meses antes, después de un festival Claridad, él empezó a besarla en el asiento trasero de un Hyundai, pero pronto sus manos se pusieron a explorar terrenos de acceso limitado, y ella lo detuvo en el instante. Graciela quería conservarse virgen para el matrimonio, quién sabe, pensaba ella en secreto, si para casarse un día con él. Pedro Alfonso lo interpretó como rechazo.

Desde aquella noche todo cambió entre ellos. No sabían vencer esa brecha invisible creada por el malentendido. Los intentos por impresionarse mutuamente empeoraron la situación.

Graciela, creyendo que la radicalidad sería admirada por Pedro Alfonso, formó parte de la "Policía del Humor", ese grupo de liberales extremos que se han proclamado como autoridad en determinar si el humor es aceptable o reprochable. Por su parte, Pedro Alfonso leyó sobre los rasgos que las mujeres admiraban en los hombres, y según las revistas Cosmopolitan acumuladas en casa de su abuela, el secreto es "sentido de humor". Pedro Alfonso en algún momento fue considerado un niño gracioso, pero había permitido que la seriedad obligada de líder revolucionario enterrara ese rasgo. El enamorado decidió rescatar este aspecto de su personalidad.

El momento no pudo ser peor: Graciela había adoptado el convencimiento de que el humor es dañino. Chistes contra ciertos niveles sociales son clasistas (excepto contra "guaynabichos"), los chistes de género son sexistas, (a menos que sea contra los hombres), los chistes con homosexuales son homofóbicos (pero los chistes con heterosexuales no son heterofóbicos), los chistes en que se menciona alguna raza o nacionalidad es racista (excepto si es un chiste contra blancos o estadounidenses), en fin, la igualdad se demuestra con desigualdad. La regla es simple: chistes contra los valores liberales son ofensivos; chistes contra los conservadores son fabulosos. Y que viva la libertad de expresión, puñeta.

Pedro Alfonso probó su retoque en personalidad. Coordinó una cita con Graciela para tomar un café, con el pretexto de que discutirían algunas ideas de planes para el grupo. Ambos coincidieron a la hora acordada, mucho más limpios, perfumados y arreglados que lo acostumbrado. La mesera que los atendió era una mujer de abundantes arrugas y pelo gris. Cuando se retiró de la mesa para buscar azúcar, Pedro Alfonso aventuró el siguiente comentario:

—Espero que no vaya a buscarla a la Central Coloso.

Graciela pensó unos instantes. Por su deficiencia innata en la glándula del humor, lo interpretó de forma literal, y le pareció absurdo que Pedro Alfonso pensara que la mesera iba a caminar de Río Piedras hasta Aguada para conseguirles un poco de azúcar, sobre todo cuando la mencionada central azucarera no opera desde comienzos de siglo. Ante la incongruencia, se percató que el comentario no podía ser en serio, y que por tanto debía ser un chiste.

Este procesamiento tomó segundos, creando un bache de silencio que Pedro Alfonso sentía interminable, agravado por el principio científico de que el tiempo de reacción después de un chiste se considera más largo que en otras partes del universo.

Cuando Graciela se convenció de que era un intento de humor, consideró reír, pero esto es la típica reacción de chica tonta que permite que el varón asuma la postura de poder y control. Ella pensó que esto no debe ser lo que Pedro Alfonso busca en una mujer. Este hombre busca una mujer independiente, y fuerte en sus convicciones. No se equivocaba; su único error era pensar que esto es incompatible con el sentido de humor. Así que pronto salió en defensa de quienes no están bajo ataque.

—La Central Coloso cerró hace décadas. ¿Te estás burlando de la edad de la mesera?

Si malo es atreverse a hacer un chiste y no recibir respuesta, peor es hacer el chiste y recibir una respuesta, pero agresiva.

—Es que luce tan vieja… —dijo Pedro Alfonso bajo la presión de responder algo, y cuando se percató de lo mal que iba su comentario, ya era demasiado tarde.

—¿Vieja? ¿No querrás decir "anciana"? La gente ve un anciano con empleo de salario mínimo, y se burlan. Si se trata de un médico o abogado, entonces le tratan con respeto. Tu comentario fue clasista.

—Solo era un chiste.

—¿Te parece chistoso burlarte de la tercera edad? ¿Sabes cuánto abuso y marginación sufren los ancianos?

—Está bien, no quiero discutir contigo.

—¿Por qué no? ¿Porque soy mujer?

La mesera llegó con el café, y la interrupción le sirvió a Pedro Alfonso para detener la discusión. Le dolía que implicaran que estaba siendo machista, cuando siempre ha respetado la inteligencia y talento de las mujeres, y ha defendido que gocen de los mismos derechos. Graciela esperaba un estimulante debate intelectual que los calentaría a ambos, pero eso no fue lo que ocurrió: Fue como haber inflado demasiado un globo, hasta que le explotó. Y al igual que un globo explotado, no había manera de remediarlo. Pedro Alfonso y Graciela continuaron un trato frío de camaradas, aunque seguían furiosamente enamorados.

La situación entre ellos era complicada. Pronto se pondría mucho peor.

Agustín detuvo el vehículo a pocos pies del ranchón. Graciela y él se comunicaron con las miradas. Ambos opinaban que esto era una estupidez, que tal vez no era tan disparato tratar una vida "normal". Agustín esperaba la respuesta verbal de ella, pero Graciela se acobardó, pensó que éste era el peor momento para abandonar a Pedro Alfonso, quien había sacrificado su cordura y estabilidad emocional por la causa, justo cuando iba a ejecutar el plan más ambicioso del MOL o de cualquier otra organización revolucionaria en la historia del país.

Lo irónico es que el plan era lo que la había convencido a ella, y a los otros miembros del grupo, de que su líder había perdido contacto con la realidad.

Pedro Alfonso consideraba incongruente el espíritu patriótico nacionalista luchador independentista de los puertorriqueños, y su conducta electoral. En las Fiestas de la Calle San Sebastián, si un boricua canta "qué bonita bandera", los presentes hacen coro con "más bonita sería si los yanquis no la tuvieran". En los viernes sociales, según avanza la noche y los tragos, los boricuas se tornan más independentistas.

Resultaba por tanto increíble que, al momento de las elecciones y los plebiscitos, la opción independentista apenas pasaba del cuatro por ciento. Su conclusión: los puertorriqueños manifiestan su pasión nacionalista cuando están borrachos. El alcohol rompe las inhibiciones: Las mujeres borrachas bajan sus defensas, mientras que los hombres lloran, se vuelven violentos, o muestran su inclinación homosexual. Según el líder del MOL, el gobierno sabe muy bien esto, y por eso prohíben la venta de bebidas alcohólicas durante los días de votación. Si se le permitiese al pueblo puertorriqueño ir a votar borracho, saldría el independentista de closet. Lo que el movimiento independentista necesitaba en el próximo plebiscito era llenar de alcohol las reservas de agua del país.

Cuando los miembros del grupo escucharon la idea,

pensaron que era genial, revolucionaria, obra de una mente privilegiada con visión y profundidad de entendimiento en la conciencia del puertorriqueño, y cantaron alegres canciones de protesta durante toda la noche, felices con la seguridad de que los días de coloniaje del país estaban por terminar. Pero horas más tarde se les pasó la borrachera y se percataron de que la idea era muy estúpida. Nadie sugería detener el plan, pensando que caería por su propio peso.

Graciela abrió la boca para decir vámonos, pero la detuvo la gritería que provenía del ranchón. La puerta se abrió y salió Tito, llevando sobre su cabeza un enorme sombrero que Pedro Alfonso insistía que debían vestir al estar en aire libre para que no fuesen a ser identificados por satélite.

—¿Qué carajo ocurre?— preguntó Agustín mientras se bajaba de la camioneta.

—Necesitamos ayuda. No podemos controlar a Pedro Alfonso. Está rompiendo la guitarra de Marcos.

Zahira

Zahira Palmer, mientras masajeaba la espalda de Toño Júpiter, pensaba en lo divino que es la felicidad sin remordimientos. Su amado, el cual ella describía como algo fuera de este mundo, recién le confesó que era cierto: No era de este mundo.

El padre de Zahira había desaparecido antes que ella naciera, dejando toda la carga a su madre Waleska Palmer. Su mamá la había llevado a los seis años de edad a una carpa cercana en la que un predicador prometía sanar tus males si dabas alabanza al Señor. Waleska vivía preocupada por la salud de su hija, pues había nacido con poco peso y muy débil. Aunque Zahira ya había superado esta fragilidad, su madre se ponía ansiosa tan pronto ella se enfermaba. En esta ocasión su hija tenía catarro, y desesperada porque los doctores le habían enviado unas medicinas en lugar de hospitalizarla, fue a probar la intervención divina.

El pastor puso sus manos sobre la pequeña Zahira, y anunció que estaba sanada. Le sugirió a Waleska que la dejase en la cama descansando como sacrificio al Señor, y que debía orarle con ella cada dos horas, darle un caldo de pollo con el almuerzo, tomar vitamina C en las tardes, suministrarle un antibiótico en las dosis señaladas, analgésico cada seis horas y descongestionante dos veces al día. Waleska, agradecida, le preguntó cuál era la mejor manera de agradecer al Señor, y el pastor le sugirió leer la Biblia, orar mucho, reconocer el amor de Jesús por nosotros, y donar una buena suma de dinero para la iglesia.

Pocos días después, cuando ya Zahira estaba sanada de su catarro, su madre declaró milagro, y se entregó por completo a la religión. Zahira creció convencida por su madre de que cuando era muy pequeña había estado al borde de la muerte sin esperanzas, y que Dios misericordioso le había vuelto a la vida. Aleluya.

Cada cierto tiempo, el pastor anunciaba a la congregación que tenía que irse de Puerto Rico, ya que no podía cubrir las necesidades de su familia y tendría que buscar un trabajo. Una pareja de ancianos le regaló un terreno que tenían para herencia, pero ya que sus hijos no estaban siguiendo a Jesús, preferían cederlo para la obra de la iglesia. Varios creyentes unieron ahorros para la construcción de una enorme vivienda para la familia. Otros aumentaron su diezmo para que el pastor pudiera pagar su automóvil europeo, construir una piscina e invertir en fondos de retiro. Fue así como la carpa y las sillas plegadizas de metal se convirtieron en una estructura de acero y cemento.

A los diecisiete años Zahira comenzó a laborar en el canal de televisión que el pastor había comprado y con el cual ahora podía llevar la Palabra a todo Puerto Rico y parte de América del Sur, prometiendo sacar al diablo de los hogares y orar por todas sus necesidades, basta enviar una carta con tu pedido, una contribución monetaria (Jesús te lo devolverá muchas veces más), y el pastor oraría personalmente por tu petición, y por las otras miles que recibía.

Zahira trabajaba en el programa vespertino para niños. Ahí interpretaba a una payasa llamada Aleluyí, que no era más que la ayudante de la estrella, la enorme payasa Bendita. La función de Aleluyí era hacer preguntas bobas a Bendita para que esta pudiese compartir una historia de la Biblia. Mientras Bendita hacía su cuento, Aleluyí aseguraba que los niños en el estudio no se metieran los dedos en la nariz. Tomás Babilonia estaba estrangulando a un socio de negocios, cuando la vio en la pantalla del televisor en la sala de su víctima. Se enamoró de ella al instante.

Babilonia le enviaba flores y cartas de amor a la estación de televisión, pero Zahira no respondía a sus llamados prometiendo amor y riqueza, ya que sin duda eran señuelos del diablo. Tomás se presentó, sin haberlo calculado, en el momento idóneo ante la madre de Zahira.

Waleska Palmer estaba pasando por momentos difíciles en términos espirituales y financieros. La habían forzado a abandonar su carrera de mujer policía después de un controvertible incidente en que le metió un balazo entre los dos ojos a un conductor borracho. Su explicación de los hechos era cambiante e ilógica, y tuvo suerte que el afectado no tenía familia que empujara un llamado por la justicia. No fue a la cárcel, pero perdió su empleo.

Desde entonces estaba intentando comenzar su propia iglesia, ya que un día, mientras predicaba ante un pequeño grupo, una señora que sufría epilepsia comenzó a hablar en lo que ella reconoció como la lengua del Espíritu Santo. Para Waleska esto era una prueba irrefutable del apoyo de Dios para convertirse en apóstol. Cuando fue a pedir ayuda al pastor, éste le puso mil trabas, y Waleska comenzó a protestar, diciendo que durante diez años se le había prometido que Jesús le devolvería el dinero aportado, y el pastor la condenó, diciendo que el Hijo de Dios no es un inversionista de dinero, que él dio su vida por nosotros y tú llamas sacrificio comparable tu paupérrima casa, tu patético salario y tus risibles ahorros. El diablo te está hablando y tú lo estás escuchando, hermana ingrata. Vete a orar y que Dios se apiade de ti. Aleluya.

En esas circunstancias se encontraba Waleska Palmer cuando Babilonia le dijo que sabía que su hija le obedecía en todo y que necesitaba que le ordenara casarse con él. Waleska quería brincarle encima y arrancarle la cabeza, pero no lo hizo porque el hambre la tenía desanimada.

–Dígame qué necesita– ofreció Babilonia.

Waleska, convencida que ninguna hoja se mueve sin la voluntad del Señor, intentó razonar la oportunidad que Dios le ponía en su camino. Sabía por referencias que aquel hombre no andaba por buenos caminos. Quizás Zahira podría salvar su alma y la de su clan. Era mejor quitar dinero de las garras del diablo y usarla para la causa de evangelización.

–Quiero formar mi iglesia– contestó finalmente Palmer.

–¿Cuánto es eso?– preguntó Babilonia.

–No sé. Quizás dos millones de dólares– sugirió con timidez, esperando un regateo.

Tomás hizo una señal a Isabelino Santiago, su hombre de confianza, y éste desapareció, regresando minutos más tarde con un bulto que desbordaba pacas de dólares grandes como ladrillos.

–Que Dios los bendiga. Aleluya– agradeció boquiabierta Waleska.

Zahira jamás volvió a ser payasa en público. Su marido la llevaba a actividades formales donde se esperaba que le acompañara una pareja, pero el resto del tiempo mandaba a Zahira de compras, para así tener sus discusiones de negocio en la casa. Por las noches se sentaban a comer sin apenas conversar. Él se aburría con sus cuentos de tiendas y sus preocupaciones religiosas, y ella no se impresionaba con sus historias de dinero rápido.

Antes de dormir, la rutina era la misma. Si Babilonia se servía un trago de ginebra con un pepinillo –un placebo afrodisiaco que bebía desde joven– significaba que esa noche quería sexo. Zahira conservaba el vestuario de payasita Aleluyí para las pasiones de su marido, quien tenía un fetichismo con su personaje circense. Entonces tenían sexo mecánico: Babilonia la penetraba a los dos minutos de llegar al cuarto, sin siquiera quitarse toda la ropa. En medio minuto daba su disparo, y dormía sus 270 libras encima de ella, quien pensaba que ése era el peso de la prueba que Dios le había dado. Babilonia, aunque Zahira no lo sintiera, estaba locamente enamorado de ella, aunque solo sabía demostrarlo en su bruta manera.

Algunas tardes, Zahira prefería escapar de las tiendas y visitar sus antiguas compañeras de iglesia. Durante ese tiempo estaban activas en protestar contra la construcción de una colosal estatua de la Virgen del Pozo en Sábana Grande, iniciativa que se había puesto de moda entre todas las iglesias protestantes, los católicos obedientes a las estructuras eclesiásticas, los defensores del ambiente, y los grupos de protesta universitarios que aprovechaban toda oportunidad para practicar la revolución.

Zahira y sus amigas descansaban charlando y comiendo dulces en una panadería, cuando notó a un tipo vestido de obrero –pero con boina en lugar de casco– sentado solo en una de las mesas almorzando un sándwich. Toño Júpiter había visitado decenas de planetas y varios países en la Tierra, pero nunca había probado emparedados como los que preparaban en Puerto Rico. Zahira comprendió que éste era un buen momento para evangelizar, así que acercó a su mesa y pidió permiso para sentarse. A Toño le extrañó, pues no había enseñado su lengua pero, qué rayos, él era un caballero, así que le respondió por supuesto.

Zahira se sentó y comenzó a explicarle sobre la Biblia, la diferencia entre alabar a Jesús y a su madre, la ira de Dios ante el culto de imágenes y todos los demás argumentos que tenía memorizados. Mientras hablaba, Zahira sentía algo extraño en la mirada de aquel singular hombre. Entonces reconoció lo que era: le estaba prestando atención. Jamás, durante sus esfuerzos religiosos, alguien le había escuchado, pues sus compañeros de culto ya conocían las ideas y los practicantes de otras religiones no tenían interés en escuchar sus creencias. Su madre jamás le había puesto verdadera atención, más preocupada por quién debía ser ella que por quién era. Su esposo no interesaba charlar, solo pedirle la payasita para rápido eyacularle dentro. El sentimiento de atención era nuevo y abrumador para ella. Pronto dejó de repetir la letanía memorizada, y empezó a conversar con aquel desconocido sobre su ansiedad con la muerte, el terror a la soledad, el deseo de vida gozosa. Sus amigas de iglesia se despidieron, pensando que ella estaba salvando un alma, ya que Toño Júpiter había terminado su sándwich de bistec y café, y continuaba sentado allí, como hipnotizado por Zahira.

Toño le preguntó, con genuino deseo de comprenderla, detalles sobre su vida, opiniones referente a varios asuntos morales y filosóficos, y tonterías importantes como qué sabor de mantecado prefiere, qué le hubiese gustado haber tenido la oportunidad de estudiar, cómo se llamaba la primera mascota que tuvo, en qué le gusta pensar antes de dormir. Tres citas más tarde se estaban amando con una calentura infernal, Zahira desbordando su energía de pasión y Toño luciendo las habilidades de su enorme, flexible, húmeda y fuerte lengua.

Hoy Toño Júpiter le confesó su verdad a Zahira. Le habló de los dododododos y su falta de religión, de su rechazo universal y su resultante rencor contra Dios, de cómo llegó a la Tierra en busca del Paraíso pero su nave se estrelló en las cercanías de Ceiba y fue atrapado por la Marina en Vieques, de todas las pruebas y exámenes que había sufrido en la Marina, de su fuga y adaptación a la vida boricua, del tipo que lo perseguía a todos lados, de sus años de perdición con mujeres en las barras, del reciente contacto con su civilización y el plan que estos tenían para destruir a Puerto Rico, de lo mucho que la amaba, de cómo en todo el universo no había encontrado un ser como ella, verdadera expresión del poder creador de Dios, y el mayor testimonio de que, sin duda, éste era el Paraíso.

Toño le mostró el aparato que había construido, que estaba sobre un mueble en el cuarto del parador. Solo puede enviar mensajes cortos, pero cuando la nave se encuentre sobre Utuado, la señal será fuerte y podría explicar a su gente de que Puerto Rico era el lugar más maravilloso de la galaxia, y que debían quedarse aquí. Entonces subirían juntos a la nave, y viajarían varios años por la galaxia, disfrutando las maravillas de la creación. Después regresarían a Puerto Rico y formarían una familia. Toño Júpiter le dejó saber que, de acuerdo con las señales que recibía regresara a su casa para evitar sospechas, pero que llegara temprano al día siguiente, para fugarse y disfrutar juntos el resto de la vida conociendo el infinito.

Mientras Zahira le daba un masaje en la espalda, entendió que toda su vida había estado diseñada por Dios para traerla a este instante. Tendría la oportunidad de participar en evitar la destrucción del Paraíso, y más aún, podría llevar la Palabra de Dios a los herejes chupacabras y al resto de la creación. Era hora de evangelizar el universo, y ella era la escogida.

Entonces Zahira cometió un terrible error.

—No quiero volver a casa. Me quedo contigo en mi última noche en la tierra. Y mañana nos vamos juntos en tu nave.

Marcos

Marcos Morales estaba molesto con la actitud de su líder. Pedro Alfonso le había arrancado de sus brazos la guitarra y la golpeó contra el suelo, como la estrella de un concierto para rockeros endrogados, y la dejó transformada en un reguero de palillos de dientes. Marcos protestó mientras clamaba que la canción era el lenguaje de su alma, y el líder del MOL oprimía la libertad de expresión de un alma boricua. Tito y Boris consideraban la acción de Pedro Alfonso algo excesiva pero justificada, pues Marcos había cantado "Míster con macana", "Verde luz" y "Preciosa" con la misma melodía. En otras palabras: Se lo buscó.

La indignación de Marcos fue mayor cuando, mientras buscaba cinta adhesiva para arreglar su instrumento, abrió un bulto de lona y encontró un "cargamento de armas", formado por un par de rifles remendados, cinco pistolas fuera de moda y varias balas sueltas, algunas de las cuales no servían para esas armas. Marcos protestó señalando que el MOL es opositor de la violencia. En esta causa lo acompañó Tito, quien era propulsor de la revolución pacífica y quien además, ya había perdonado el agravio de Marcos.

Pedro Alfonso no quería explicarse y estaba irritable. La noche del viernes, Marcos comenzó a cantar por falta de otra música, hasta que Pedro Alfonso dijo que estaba acordado conservar total silencio desde las 7 de la noche, una regla que inventó en el momento. No pudo dormir un minuto, porque Graciela y Agustín estaban supuestos a llegar durante la noche. Según pasaban los minutos en la oscuridad, aumentaba el desespero y la paranoia, brincando entre el terror de que los hubieran detenido, y el terror de que ambos se estuvieran descubriendo.

Tan pronto salió el sol, Marcos se levantó lleno de optimismo y alegría, tomó su guitarra, y declaró que celebraría la pronta liberación de Puerto Rico. Ahí fue que comenzó con el repertorio de melodía homogénea que sirvió de pretexto para la descarga impetuosa de Pedro Alfonso.

La llegada de Graciela y Agustín solo empeoró la

situación. Los recién llegados justificaron atropelladamente la tardanza: Que si no había comunicación por celular, que el aviso imprevisto de huracán les obligó antes a dejar protegida y abastecidas sus casas, que alguien les comentó que esa noche de viernes la policía estaría haciendo bloqueos, y otras razones que Pedro Alfonso no registraba porque su mente estaba distraída con otras mortificaciones. Había notado una nube extraña entre Graciela y Agustín, una invisible burbuja dentro de la cual eran cuidadosos con las palabras, muchas veces tomando turnos para hablar, tal como una combinación que comenzaba a pensar unida. Si sus miradas se cruzaban, desviaban los ojos en otro sentido. Para Pedro Alfonso, esto significaba que estaban conspirando en contra del MOL o que, peor aún, nacía una relación sentimental que no comprendían. Olvidó la causa de la patria. Si no reconquistaba a Graciela en las próximas horas, sabía que la perdería para siempre.

Marcos también tenía sus propias razones para estar disgustado. Había abandonado lo que él consideraba que sería una exitosa vida artística, aunque los demás lo consideraban criminal estético. Abandonó los estudios de drama en la universidad cuando fue abucheado al final de una obra de teatro en que solo interpretaba a un árbol sin líneas. Pasó meses de hambre cuando utilizó el dinero de beca para publicar su propio libro de poesías: una creación tan abominable, que cuando un devastador huracán mojó las cajas que mantenía guardadas sin vender (todas) en casa de su madre, la misma mujer que lo trajo al mundo insinuó que Dios, en su inmensa misericordia, había enviado el desastre atmosférico para desaparecer aquella execrable creación literaria.

Marcos decidió ser artesano. Se imaginaba cargando sus creaciones artísticas de festival en festival, mezclándose con el pueblo en fiestas patronales. No consiguió expresión de arte que le satisficiera. Sus pinturas se despintaban; los colores de las serigrafías se le mezclaban y trepaban; los crucifijos de clavos se le desarmaban; sus tallados en madera fueron descritos por su madre como una inmadura y estúpida venganza de Marcos contra la naturaleza por el incidente de los libros; sus intentos con la cocina de postres criollos lo llevó al borde de la deshidratación, seis días de hospital y cuatro semanas de crema para la irritación. Hasta intentó la rama de la artesanía a la que recurren las personas con su talento: la venta de camisetas impresas. Aún en esto, su arte resultaba tan repulsivo que tuvo que huir de las Fiestas de las Calle San Sebastián antes que lo lincharan.

Marcos, adolorido por los rodillazos contra los adoquines durante su apresurada huida, se derrumbó agotado en la estación del tren urbano de Santurce. Allí cerca un joven despreocupado tocaba notas en su guitarra. Esas pinceladas de música entre el tumulto le brindó una paz que se transformó en resolución: Su misión sería regar armonía mediante la música. Para desgracia del mundo, compró una guitarra y comenzó su actual etapa de intérprete de nueva trova.

Marcos recién había entrado al MOL, atraído a este grupo revolucionario por dos razones. Primero, el MOL rechazaba la violencia. Segundo, las otras organizaciones lo rechazaban a él. Aquí era estaba feliz: Su grupo tenía un plan —absurdo, concedido, pero era mejor que estar quejándose e insultando por las redes— y le permitían colaborar. Ofreció un ranchón de la recién quebrada vaquería de su padre cuando Pedro Alfonso buscaba un escondite para usar durante los días previos al ataque.

También le enseñó a sus compañeros a conducir camiones de carga. Marcos sentía que no merecía el trato que estaba recibiendo.

Marcos volvió a protestar la presencia de armas, pero sus quejas se ahogaban entre las explicaciones de Graciela y Agustín, y el temperamento irreconocible de Pedro Alfonso. Sacó una pistola de la bolsa y la agitó para capturar la atención de todos, lo cual logró.

–Eso es una tontería– explicó defensivo y abochornado el líder del MOL–Alguien me convenció de que debíamos tener armas para intimidar, y me ofrecieron esas armas viejas. Nada de eso sirve.

Entonces Pedro Alfonso intentó arrebatarle el arma de la mano a Marcos.

Esto es un buen momento para señalar que el arma estaba cargada.

Marcos tenía el arma agarrada por el cañón, el puño cerrado en la boca de la pistola. Pedro Alfonso tomó el arma de la peor manera y le dio un pequeño tirón, como si disparara la bolita del "pinball". Hubo un estallido hueco, y entre los dedos de Marcos comenzó a escapar humo y peste a pólvora. La bala entró por la palma de la mano derecha de su mano, recorrió todo su brazo por dentro, hasta que salió por detrás del codo. Se escuchó una vaca mugir al otro lado de la pared de zinc, la primera víctima en entregar su vida por la revolución.

Marcos se miró la mano bañada en sangre y, sin quererlo, gritó el único lado positivo que podía tener el asunto:

—¡Jamás podré tocar la guitarra!

Graciela y Tito fueron los primeros en auxiliarlo. Lo sentaron en el piso, le amarraron pañuelos sobre los dos orificios, le dieron agua, le pasaron la mano por el cabello. Boris se acercó a Pedro Alfonso, le dijo unas citas históricas inspiradoras que no venían al caso, y le quitó el arma. Agustín ahora sí estaba convencido que tenía que salirse de este asunto.

—Lo siento, lo siento— decía Pedro Alfonso mil veces. Después le mortificó considerar que sus disculpas mostraban debilidad.

—Bueno, no lo sientas más. Dinos qué vamos a hacer— exigió Graciela —Está perdiendo mucha sangre.

—La misión se acabó— aprovechó para decir Agustín Quiles.

Exactamente ésas iban a ser las próximas palabras de Pedro Alfonso, pero como su rival de amores las había dicho, no podía seguirle la razón.

–La lucha por la libertad del Puerto Rico nunca termina. No hay sangre más digna que la sangre derramada por nuestro país. Marcos aquí está resistiendo el sacrificado precio de amar la patria. Le está regalando su sangre a Puerto Rico– declaró Pedro Alfonso con el ímpetu de un poeta con muchas horas en la barra.

Todos miraron a Marcos para apreciar su reacción, y le vieron sonreír satisfecho. Jamás se había sentido tan apreciado e importante. Siempre había soñado con decir estas palabras, y así lo hizo:

–Háganlo por mí, muchachos. Háganlo por Marcos. Yo estaré con ustedes en el corazón.

Hubo una corta pausa durante la cual todos los demás cerebros presentes, tal como una coreografía invisible, pensaron que eso era una imbecilidad.

–Muy bien, seguimos adelante– anunció Pedro Alfonso con mayor dominio sobre sí –Agustín: tú lo llevarás al hospital.

–¿Por qué yo?

–Es mejor usar tu camioneta, ya que ahí solamente caben dos personas. Debemos quedarnos con el Hyundai para que los demás continuemos la misión.

– ¿Qué misión? ¿Dónde está el alcohol?

–Pronto recibiré un mensaje con los detalles.

– ¿Cómo nos van a contactar, si no permites aparatos electrónicos? ¿Por paloma mensajera? Además, apenas hay señal celular en la isla.

Agustín no exageraba. Después de la experiencia del huracán María, los boricuas no dejan sus preparativos para muy tarde. Tan pronto se anunció la formación del amenazante huracán Ivette, los cacos se robaron las plantas eléctricas de muchas de las torres de comunicación.

Tito intercedió.

–Marcos se está desangrando y ustedes peleando. Yo lo llevo, así que dame las llaves– le exigió a Agustín.

–Bueno, que vaya Graciela contigo– ordenó Pedro Alfonso.

–Debo quedarme– dijo ella –Somos muy pocos para conducir los camiones.

Pedro Alfonso había pedido seis camiones tanque de

alcohol, sin tener idea química o matemática de lo que necesitaba. Pensó que siendo alcohol bien concentrado, habría algún efecto. Tenía que ser la idea más necia de la historia, pero ahora no podía echar para atrás. Ya no era la libertad lo que estaba en juego.

–Muy bien, Tito. Los demás iremos mañana en busca de la mercancía. Pronto Puerto Rico será libre.

Por lo general, estas palabras eran seguidas por aplausos, pero nadie tenía el humor para ello.

Adelaida

Adelaida Arocho le aseguró a su esposo César Romelló que el huracán Ivette era una bendición, que era un designio de que los planes para alcanzar la estadidad iban a cuajarse finalmente.

El gobernador tenía sus dudas. Muchos años antes, el gobernador Rosselló "El Original" insistió en celebrar un plebiscito mientras el país aún se recuperaba del paso de un huracán y por eso la gente le votó en contra. La Primera Dama le explicó que esa teoría era una estupidez, ya que si la gente encontraba mal votar en un evento, no hubieran ido a votar, ni en favor ni en contra. Esos son pretextos de derrotados. Lo cierto era que los Populares se la habían comido con eso de "ninguna de las anteriores", que era la opción asimilada por toda la población durante los exámenes de escuela cuando no se decidían por ninguna opción en las preguntas de "escoge". Los Populares –decía ella– llevaban años manipulando el sistema de educación pública para ese momento.

Además –insistía Adelaida– el huracán aún no había pasado, solo estaba anunciado. Esto significa que la gente votaría con miedo, que era el arma de preferencia de los proponentes de la estadidad.

Mejor aún: Advertir sobre el huracán le daba el pretexto perfecto a César Romelló a aparecer en las pantallas de televisión, y encima como protector del pueblo. Ya el último debate sobre el status se había celebrado, y había quedado en mente del pueblo el papel de mártir de la alcaldesa de San Juan, quien defendía la postura de los Populares en el plebiscito. La candidata a gobernación por el PPD insistía en ponerse de pie para hablar en el podio pero en cada intento caía al piso desde la silla de ruedas. Nadie recordaba sus argumentos, solo su sufrimiento por defender su postura.

La misma Adelaida fue quien coordinó para que el Gobernador apareciera frente las cámaras con un mensaje al pueblo, ofreciendo calma ante el fenómeno atmosférico que estaba pautado para llegar en la madrugada del lunes. La Primera Dama consiguió un bonche de funcionarios para que se pararan detrás del gobernador mientras hablaba, sin ninguna otra función que no fuese cumplir el "look". Por eso encargó unas chaquetas impermeables azules, para darles un toque de rescatistas pasivos.

Adelaida Arocho llevaba años preparándose para este momento, y no estaba para dejar nada a riesgo. Cuando era una niña, su padre le pidió en el lecho de muerte que siempre asegurara traer estabilidad para la familia. Pero la máscara de oxígeno no permitió que se le escuchara claro, y Adelaida entendió "que jurara traer la estadidad a la isla". La jovencita de doce años, con la voz en llanto, le juró que no descansaría hasta que Puerto Rico fuera un estado de la nación estadounidense. Su padre intentó corregirla, pero no pudo por el inconveniente de que se murió en ese instante.

Desde entonces siempre estuvo activa en el PNP. Cuando trabajó junto a César en un comité de campaña, reconoció que ése era al hombre que la llevaría al poder.

Adelaida había decidido desde temprano que ella no aspiraría a posiciones políticas. Cierto: Ya las mujeres estaban logrando alcanzar posiciones de poder en la política, pero seguían siendo una terrible minoría.

Además, ella estaba pensando en la estadidad, y sabía que los congresistas y el Presidente de los Estados Unidos no iban a permitir presión de parte de una mujer, aunque jamás lo reconocerían de esa forma. Adelaida no estaba en la política buscando avanzar la causa de la mujer o aspirando fama. Su meta era clara, y su mejor apuesta era convertirse "poder detrás del trono".

César contaba con los atributos necesarios: era un estadista a rabiar, que era una característica importante para los PNP aún por encima de detallitos como capacidad administrativa o integridad; no era muy inteligente, lo cual le facilitaba a Adelaida manejarlo a su antojo; y tenía capacidad de expresión, que le permitía pasar por capacitado frente a las masas fáciles de impresionar.

Adelaida tiró las cartas para asegurarse que César era el hombre indicado. Aunque ella era una mujer de mente privilegiada y educada, era un fiasco de la comprensión de matemáticas y ciencias, así que aceptaba como cierto lo que ella llamaba "ciencias alternativas", o lo que se conoce como "bullshit". Cuando las cartas no indicaron el resultado que quería, concluyó que algo hizo mal, y repitió la tirada cuatro veces más hasta que corroboró que César era el hombre perfecto para sus planes.

Y hasta el momento había sido así. Logró manejar a César para que creyera que la conquistó y le pidió ser su esposa. Entre una cosa y otra, Adelaida Arocho alcanzó su meta de Primera Dama del país. Ahora estaba cerca de la cúspide del triunfo. Ya estaban en el estudio de televisión, esperando el reporte del servicio meteorológico de las once de la mañana con los últimos datos de la trayectoria del huracán.

El Gobernador Romelló se puso nervioso cuando recibió el reporte, y lo consultó con Adelaida. Su asesor Millán Gil solía participar en estas pequeñas reuniones de pasillo, aunque siempre solía estar de acuerdo con la Primera Dama –Adelaida lo habría alejado del círculo de no haber sido así. Debían detener el plebiscito, explicó Romelló, pues las votaciones son en las escuelas y van a tener que prepararlas como refugios.

–Nunca han visto algo así– explicó César sin disimular la ansiedad –Ha aumentado la velocidad de traslación. Ahora quizás llegué en la misma noche del domingo. Y se espera que el huracán Ivette sea la primera tormenta en alcanzar categoría 6.

Los huracanes son medidos según una escala, y solía considerarse que el nivel más alto era la 5. La escala define los daños esperados. Por ejemplo, la categoría 1 no presenta daños a estructuras. Un fenómeno categoría 3 ya causa daños en edificios pequeños. Ya en categoría 5 puede arrancar una casa de sus cimientos. Y un huracán categoría 6 –conforme descrito por el Centro Nacional de Huracanes– puede sacarte los testículos de su bolsa.

–No hagas caso a eso– instruyó Adelaida –Esta mañana tiré los caracoles ocho veces y me indican que se va a desviar de su ruta. Esto es lo que vas a hacer. Le vas a decir al pueblo que se prepare como precaución, pero que no hay mayor preparativo que asegurar la ayuda y protección de los Estados Unidos, y que eso se garantiza votando por la estadidad mañana. Recuerda esto César: Tenemos al Presidente de los Estados Unidos aquí y lo vamos a obligar a apoyarnos, no va a resistir el chantaje. Esa oportunidad no se va a repetir. Es ahora o nunca. Huracanes van a seguir yendo y viniendo, así que no le des tanta importancia.

–La oposición se va a quejar con la Comisión Estatal

de Elecciones si uso este espacio para un anuncio político.

Unos segundos de silencio. Entonces ambos compartieron una carcajada de "Ajá, ¿Y?".

Como en una escena de película de intriga, apareció entre las sombras una figura que les escuchaba.

–¿Qué puñeta haces aquí?– preguntó Adelaida, quien no calculaba su lenguaje cuando se agitaba.

La Pastora Waleska Palmer sonrió una falsa sonrisa.

–Olvidaron invitarme al anuncio, así que aquí estoy.

César y Adelaida tenían muchas cosas en común, desde un amor enorme por el ideal de la estadidad, hasta un odio venenoso contra la Pastora Waleska Palmer.

–Solo invitamos al gabinete– respondió Adelaida con una sequedad que le abría la sed a los oídos.

–Pero soy la consejera espiritual del gobernador– respondió la Pastora con un tono que corroería metales inoxidables.

El título se lo había autoproclamado la Pastora Waleska Palmer, y desmentirla en público podía resultar más dañino que beneficioso. Los PNP siempre buscaban la ayuda de los protestantes, ya que para ellos los Estados

Unidos es una versión mejorada de Tierra Prometida. Las posturas estadolibristas del arzobispo católico exacerbaban estos regionalismos de religión y política. La Pastora había apoyado a Romelló en su victoria cuando declaraba desde el púlpito que en un sueño vio al candidato sanándole las heridas de Jesucristo.

La Pastora Waleska Palmer sentía que el gobernador estaba en deuda con ella. Reprochaba que el mandatario no usara su poder para detener la construcción de la enorme estatua de la Virgen del Pozo. Esto la hizo lucir débil entre su séquito y sus compañeros pastores que la habían apoyado. Palmer culpaba a Adelaida, a quien consideraba una bruja, y cuya afinidad con los santos y figuras de devoción debe haber sido el motriz de semejante traición. La pastora desde entonces exigía una oportunidad para recuperar su protagonismo.

—He venido a ayudar. César puede invitarme a hacer una oración en vivo para pedir que la mano de Dios desvié el huracán y brinde protección para Puerto Rico.

—¿Y si no se desvía?— preguntó con inocencia Romelló.

—Nada, culpó a los homosexuales y los abortistas, se

supone que sepas eso.

–De acuerdo– accedió Adelaida con una condición – Pero debes decir que soñaste que la única manera de salvarnos es votando por la estadidad.

–Amén– fue la afirmación de la Pastora Waleska Palmer, mientras pensaba cómo aprovechar esa oportunidad de chantaje que escuchó. Debía idear una manera de adelantarse y exigir sus favores al Presidente de los Estados Unidos.

Libia

ALEXIS SEBASTIÁN MÉNDEZ

Libia Oliveras ya consideraba que estaba teniendo un mal día, cuando para colmo llegaron Tito y Marcos a la sala de emergencias "San Marino". Su Puchongo solía compartir un saludo clandestino de guiñadas breves o sonrisas especiales de complicidad cuando llegaba a su turno. Pero hoy, cuando sus miradas se cruzaron por un instante, la coqueta expresión de Libia recibió un seco rostro de tótem.

Cuando era más joven, este tipo de situación solía preocuparla. ¿Qué le pasa? ¿Será algo que he dicho? ¿Está cansado de mí? ¿Querrá decirme qué le ocurre, se supone que lo sepa, o está pidiendo espacio? eran algunas de las preguntas que la angustiaban en ocasiones similares en el pasado, cuando permitía que los comentarios sobre su enorme figura y escasa belleza afectaran su seguridad. Ahora estaba moldeada por años de experiencias y corazones rotos. Su filosofía en la vida y en el amor se podía resumir a seis palabras: "No le aguanto mierdas a nadie".

Esta actitud no era muy placentera en una sala de emergencias, y mucho menos hoy, pues mucho del personal médico se había ausentado por los preparativos antes del huracán. La administradora se había excusado diciendo que estaba recorriendo las gasolineras de la isla buscando hielo.   Así que, para colmo, Libia tenía que bregar con los pacientes que esperaban en sala: Todos se quejan de que esto es muy lento, todos insisten que su caso no puede esperar, todos entienden que nunca, pero nunca, en la vida habían visto tanta desconsideración. Mientras más se quejaban, más Libia les dilataba aún la espera. Ella no le aguantaba mierdas a nadie.

Marcos perdía sangre y Tito su usual pasividad. Como Pedro Alfonso les había ordenado librarse de identificaciones, no cargaba con tarjeta de plan médico. Tito pidió compasión a Libia, pero ella no cedía, exigiéndole aunque sea la licencia de conducir para establecer identidad y llenar reportes. Tito explicaba que no tenía consigo ningún permiso, y entonces ella le cuestionaba cómo es posible que haya llegado conduciendo esa camioneta. Los revolucionarios tuvieron una llegada de película cuando, entre apuro y nerviosismo, Tito se trepó en una acera cerca de la entrada, causando que la puerta del pasajero se abriera y que Marcos cayese de cara en el cemento.

Había algo sospechoso en todo el asunto. Tito insistía que Marcos había usado un taladro en el sentido equivocado, pero Libia era una experta y podía identificar una herida de bala. La resistencia de los jóvenes a mostrar identificación indicaba actividades ilícitas. Fue por el apuro de verlos arrestados y no por compasión que los hizo pasar como una emergencia mayor. Esperaría que Puchongo los revisara y diera sus instrucciones.

Libia buscó al doctor. Encontró a su Puchongo sentado con mirada de distraído, jugando con el estetoscopio entre sus dedos. Alzó la cabeza y miró ciegamente a Libia. Ella sintió el vacío de su mirada, como si le hubiesen robado el alma. Pero ella no le aguantaba mierdas a nadie.

–Si no deseas hablarme, ése es tu maldito problema–

dijo ella como si le despreocupara su actitud –pero esconderte de mí es una cobardía. Tenemos esto lleno de hipocondríacos y vividores. Tienes que trabajar.

Su Puchongo, sin responder, extendió un brazo y agarró los papeles que Libia sostenía en la mano. Sus dedos se rozaron ligeramente, causando una corriente de inmanejable despechos que se apoderó de la enfermera. Puchongo, mi Puchongo, amado Puchongo de mi corazón, ¿cómo eres capaz de tratarme así? Yo he aceptado tus promesas de hombre casado, yo te he apoyado en tu vicio de apuestas, yo he seguido tus tontos juegos sexuales, yo hasta te he llamado "macho" para hacerte feliz. Imagínate, llamar "macho" a una sabandija como tú. So cabrón.

De un golpe, el doctor la sacó de todas dudas: "Se acabó. Mi mujer me abandonó anoche, y voy a reconquistarla. Lo tuyo y mío acabó. Ahora, tráeme el paciente".

El silencio de Libia era tan tétrico que el médico salió asustado de su estado de letargo. Ella resistía por dentro una caldera a punto de estallar. Sin soltar palabra, buscó a los dos revolucionarios. Como Marcos estaba tan débil,

Libia tuvo que llevarlo en una silla de ruedas. "Mira, Tito" –decía sonriente pero débil por la falta de sangre– "Voy empujado por una ambulancia".

En otras circunstancias ella le hubiese propinado un cocotazo ante la sospecha de que se refiriera a su gordura. Libia los dejó con el médico, y entonces se encerró en el baño y lloró durante treinta minutos. Cuando regresó a la sala de espera encontró un caos de pacientes impacientes, así que prefirió entrar a verificar la situación con los dos muchachos.

Encontró a Marcos solo en el cuarto, acostado en una camilla. Vociferaba canciones de protesta, las cuales Libia odiaba sin razón específica. Le preguntó por el doctor, pero Marcos seguía manifestando su falta de talento. Libia le pidió –no, no le pidió, le ordenó– que se callara. Marcos no obedeció, así que ella recurrió a medidas drásticas. Ella no le aguantaba mierdas a nadie.

Pocos minutos después entró Puchongo con una silla de ruedas, y reaccionó histérico cuando vio a Libia con una jeringuilla vacía en la mano y a Marcos inconsciente.

–¿Qué carajo pasó? – preguntó el médico con una alarma de crisis mundial.

–Le di un poco de sedante para tranquilizarlo.

– ¡No! ¡No! ¡Ya le había dado una dosis doble!

Libia titubeo

–¿Quieres que pida una ambulancia para enviarlo a Centro Médico?

–No, mejor yo lo llevo– respondió el doctor mientras sentaba a Marcos en una silla de ruedas.

–Puedo decirle a su amigo para que lo lleve en su camioneta. ¿Dónde está?

–Lo mandé a una farmacia a comprar té verde y jengibre.

–¿Para qué?

–Seguía jodiendo con que probáramos remedios naturales, y para que se fuera le dije que me consiguiera eso.

–¿Por qué hiciste eso?

–No tengo tiempo para tantas explicaciones. Cuando regrese, no le digas que me lo llevé.

"¿Ah?" pensó Libia

–Llamo a Centro Médico y les aviso que vas en camino.

–No, no los molestes.

"Extraño" pensó Libia. Entonces preguntó sarcásticamente:

—¿Es una sorpresa para ellos?

El doctor no respondió la pregunta, pero añadió algo aún más sospechoso.

—Tengo que llevármelo por la puerta posterior. No hables de esto con nadie. Cuento con tu discreción.

Y así, con ese misterio, el Puchongo se llevó a Marcos.

Libia pensó sobre esto. Su amado estaba envuelto en una situación delicada, y requería del apoyo y confianza de ella. Era una oportunidad de demostrar los extremos y riesgos a los que ella estaba dispuesta en nombre del amor.

Pero ella no iba a aguantarle mierdas a nadie.

Libia agarró el teléfono y llamó a la policía.

Yolanda VanGarbo

Cuando terminó el mensaje del Gobernador, Yolanda VanGarbo tiró el control remoto contra el piso. La tapa plástica y las baterías volaron en distintas direcciones. A Yolanda le daba rabia su propia rabia. Ahora tendría que recoger las piezas desde su silla de ruedas.

No quería asistencia durante esos días y prefería trabajar sus planes en soledad, sin temor de traidores, que son más la regla que la excepción en el campo de la política. Así que tenía que recoger sus propios regueros.

Por otro lado, esta soledad le permitía ponerse de pie y caminar, aunque fueran pocos pasos. El dolor en las piernas y la columna no le permitía hacer esto por más de unos minutos. Pero ante el ojo público prefería mostrar incapacidad total para caminar y acentuar su papel de mártir sufrida por los errores de la administración de César Romelló.

Yolanda era la presidenta del Partido Popular

Democrático, además de alcaldesa de la ciudad capital y candidata para la gobernación. Su ascenso fue fácil, gracias a la falta de competencia.

Nadie interesaba correr como candidato para el papel mayor. Cuando un candidato pierde, desaparece del ojo público, y el fracaso le persigue como una peste incorregible. Los estudiantes de ciencias políticas lo llaman "el efecto Pesquera".

En cambio, los otros puestos son más atractivos. Los alcaldes suelen durar mucho en su puesto si el municipio considera que la afiliación política es parte de la identidad del pueblo. Los estudiantes de ciencias políticas lo llaman "el efecto Mayagüez", llamado así porque, en el caso de dicho municipio, la gente vota Popular sin ninguna otra consideración que mantener viva esa tradición. En una simulación de computadoras desarrollada por la Universidad de Puerto Rico en conjunto con la NASA, se corrió una votación para la alcaldía de Mayagüez entre una iguana en representación del PPD, y Jesucristo en representación por el PNP. Los votantes escogieron a la iguana en una proporción de veinte a uno, con la justificación de que seguramente la iguana era cristiana.

Otros puestos importantes son de senador y representante. Una vez que pierdes, sigues con tu sueldo vitalicio, a través de un esquema llamado "consultor". Los mismos de tu partido que hayan logrado un puesto te contratan, y te mantienes recibiendo cheque por "consultar". Esto se extiende además a los familiares, amigos, contribuyentes y alcahuetes del partido. Lo perfecto es que, como es por contrato, puedes darle 50 mil dólares al año a tu esposa y no considerarlo robo. Esto es lo que los estudiantes de ciencias políticas llaman "por eso estamos tan jodíos".

La candidatura a gobernador no es apetecida en un partido condenado a fracasar. En términos de carrera política, era matar el ganso de los huevos de oro. El Partido Popular estaba despedazado como opción viable para futuro político del país desde que Estados Unidos dejó saber claramente que Puerto Rico era una colonia, y si alguien lo dudaba, tenía el recordatorio de la presencia de la Junta Fiscal. Los populares seguían activos en los otros puestos electorales gracias a la fuerza de la costumbre, pero en cuanto a la gobernación, no lograban acaparar el puesto mayor sin una fórmula política viable para el país.

La disyuntiva era centrarse en una fórmula. Algunos Populares clamaban empujar por la independencia, pero el boricua le teme a esta opción porque "no queremos terminar como Cuba o Venezuela", ante la aparente creencia de que Cuba y Venezuela son los únicos países independientes del mundo. Otros claman por la república asociada, pero esto se considera como un eufemismo para la independencia. Una gran parte clama por un "Estado Libre Asociado mejorado", que suena tan atractivo como "colonia mejorada". No encuentran remedio. Por suerte, siendo Puerto Rico el país de "ninguna de las anteriores", los Populares no han escogido ninguna de las anteriores, y aunque reconocen que la colonia no es la solución, pueden perpetuar la colonia mientras actúan como si buscaran una solución.

La ventaja de los Populares es que Puerto Rico no quiere ser colonia, pero tampoco quiere ser independiente ni estado. O sea, es lo que los estudiantes de ciencia políticas llaman un "WTF". Así se mantiene vivo el Partido Popular: ganando plebiscitos, sin tener una alternativa en el plebiscito.

El plan de Yolanda es otro. Después de que su marido murió, le dejó decenas de propiedades y negocios, y mucho tiempo para aburrirse. Su psicólogo le sugirió establecerse una meta. Después de preparar una lista con cientos de posibles metas, escogió llegar a gobernadora y liberar al país.

Yolanda identificó el Partido Popular como su mejor opción por razones ya descritas. Después de ganar inclusión mediante aportaciones y favores, logró la alcaldía de San Juan sin tener que hacer nada de valor. Descubrió el poder de protestar públicamente, de ser bocona, de atacar por Twitter. Las masas –término que estamos usando para referirnos a esa enorme mayoría que "siente" en lugar de "pensar", que sigue tendencias en lugar de datos, que escucha a personalidades de la radio e ignora a los expertos, que prefiere un acto dramático por encima de una acto útil– se impresionaron y rápido la convirtieron en una candidata con protagonismo en los medios y las redes.

Yolanda VanGarbo esquivaba el tema de su preferencia de status, diciendo que "primero hay que trabajar por el pueblo". Temía dejar conocer su deseo de república asociada y perder su fuerza política. Entonces ocurrió el incidente que la dejó en silla de ruedas. No solo se afectó su cuerpo, sino también algo en su cerebro y alma no quedó igual. El país no solo sería una república asociada: También destruiría a Romelló y todos sus compinches.

Los plebiscitos, por diseño, no lograban nada. Necesitaba que Estados Unidos actuara.

Su relación con Konrad Moriarty era perfecta, y hasta íntima, pues le había ayudado con los arreglos para mantener su chillería en la isla. Esto no significaba que el Presidente interesara resolver el status colonial de Puerto Rico. La alternativa de territorio es muy valiosa. Aunque no haya conflictos en el Caribe, siempre es ventajoso tener un punto estratégico para usar en caso de una crisis. No interesaban tener a Puerto Rico como estado, Dios los libre, a quién se le ocurre, esa gente lo único que ha dado es Livin' La Vida Loca. El arreglo de colonia era lo idóneo para Estados Unidos.

Yolanda tenía el apoyo del gobierno de Estados Unidos porque los Populares evitan las presiones de otorgar la estadidad o ceder la independencia. Estaba consciente de lo que querían de ella y el partido. Para sus nuevos planes, Yolanda usaría el terrorismo.

Como en toda iniciativa terrorista, se requiere de gente joven e idealista, quienes en su inocencia permiten convertirse en peones sacrificables para otros. Yolanda encontró sus fichas en el MOL.

Su plan era el siguiente: Un acto de horror y destrucción durante el plebiscito. Esto robaría la atención de cualquiera que fuera el resultado. Estados Unidos no iba jamás a acceder a incluir un territorio terrorista como parte de su propio país. El tema del coloniaje iba a ser central y el tema crearía presión mundial, y la única salida sería brindar la independencia, pero esto sería reconocer una victoria a los causantes del acto de terror.

Ahí el Partido Popular se declararía representante por la República Asociada, una versión menos intimidante para los boricuas y que permitiría a los Estados Unidos una salida elegante. Sería un éxito.

Primero, debía manipular a los jóvenes del MOL. Tenía un contacto dentro del grupo que le ayudaba. Ya había logrado manejarlos sin que ellos sospecharan su influencia. Ahora venía el golpe grande.

Los jóvenes buscarían unos camiones tanques con un líquido que ellos creían que era alcohol. Se trata de un líquido explosivo que su mayor contribuyente conservaba. Llevaba muchos años guardando los camiones tanques. Después del huracán María, uno de sus empleados tomó –sin autorización– un galón del combustible para la planta eléctrica de sus abuelos. Cuando prendió la máquina, la explosión dejó un cráter del tamaño de un centro comercial. Ahora el cráter es una de las mayores atracciones de Morovis, con un festival anual y "food trucks" todos los fines de semana.

Los muchachos no se iban a ofrecer para un acto de destrucción, así que inventó lo del alcohol y las fuentes de agua. Ya mismo les cambiaría el plan.

Yolanda estaba ya poniendo las baterías al control remoto cuando sonó el celular.

–Qué bueno que te consigo. Las líneas están complicadas. No tengo mucho tiempo para hablar.

–Mejor, no debemos hablar mucho. –respondió Yolanda.

– ¿Escuchaste lo del huracán? ¡Categoría 6! ¿Necesitas que te consiga algo? ¿Baterías? ¿Latas de salchichas?

—Cállate la boca, dijimos que no podemos hablar mucho.

—No hemos recibido los camiones tanque.

—Van a recibirlos, Babilonia no falla. Escucha, ya no tienes que llevar tu camión tanque hasta Carraízo.

—¿Por qué?

—Vas a llevarlos a otra dirección, ya mismo te explico las razones.

Yolanda VanGarbo le dio la dirección del comité del Partido Nuevo Progresista. Pero no le dijo el propósito real, que era volar el PNP al carajo.

Jacinto Roldán

El doctor Jacinto Roldán estaba tan distraído con sus pensamientos que duplicó la dosis de medicamento en Marcos y lo puso a alucinar hasta que Libia le suministró la dosis decisiva para dormirlo.

La noche anterior la señora Roldán le esperó sentada en el comedor. Estaba vestida regia, y se había hermoseado en el salón de belleza. La luz tenue de las velas le añadía un aire de misterio que, mezclado con su fragancia, le hacía lucir irresistible y seductora. Jacinto Roldán se sentó en la silla opuesta, asumiendo que era el comienzo de una inexplicable noche erótica. Estaba pensando en algo sucio y sexy para decir, pero su pobre creatividad fue interrumpida por Johanna Roldán, quien lanzó sobre la superficie de madera un paquete de fotos en blanco y negro que se desparramaron como naipes en una jugada profesional, deseado efecto dramático que ya había dominado.

El doctor Roldán se quedó frío, o más bien caliente, pues sabía que ahora no iba a disfrutar la manera predilecta de deshacerse de aquella fresca erección. Las fotos eran demasiado elocuentes. Allí estaba él con Libia. Ambos estaban desnudos revolcándose en las sábanas como cerdos en el lodo. Miró las fotos por largo tiempo, no porque deseaba ver las escenas que ahora le resultaban desagradables, sino para dilatar el temible instante de cruzar miradas con su esposa. Finalmente, levantó la cabeza, concentrándose en mostrar una expresión de pena. Diría que estaba borracho. No, eso sería una cobardía. Lo más honroso era ofrecerle la verdad.

La señora Roldán tenía los ojos duros, como intentando explotarle la cabeza con la mirada. Jacinto Roldán respiró profundo y habló:

—Estaba borracho.

Johanna suspiró, no porque lo necesitase, sino porque suponía que si un escritor vago describía la escena, añadiría un suspiro en ese instante.

—Quiero que sepas que estoy agradecida. Por tu estúpida traición, me atreví a buscar mi felicidad. He descubierto cuán pobre amante eres. No eres el hombre que me merezco.

La señora Roldán bajó la vista, pues sostenía sobre su falda el papel en que había escrito su libreto, tomando líneas de su extensa colección de novelitas "Jazmín". Entonces añadió:

–Quiero el divorcio. No hay nada que puedas hacer. Has sido el mayor desperdicio de mi existencia. Cada segundo de pensamiento, pasión y deseo de lo que me resta de vida, son para mi amante.

El doctor Roldán no podía creer lo que ocurría. Su esposa, sin derramar una lágrima, tomó la cartera que mantenía enganchada en la silla, y sacó el llavero del carro.

–Voy a vivir a casa de mi amante– a la señora Roldán le encantaba usar la palabra "amante" –Mi abogado te llamará. Quiero ya dejar de ser la señora Roldán, fui tan tonta que hasta acepté tu idea tonta de cambiarme el apellido. Desde ahora soy de nuevo Johanna Burgos.

El doctor Roldán no creía en los modernismos sobre la igualdad de los géneros. Cuando el tema caía en discusión, Roldán descargaba un discurso educativo sobre todas las diferencias físicas y médicas entre hombre y mujer, y no paraba aunque la otra parte intentara explicarle que un asunto es la biología genética y otra los derechos humanos, el trato social, y el respeto. Para él, no había distinción. "Yo no puedo exigir igualdad como hombre y pretender derecho para lactar a un bebé" vociferaba antes de pasar a explicar cómo se produce la leche materna. En resumen: Para Jacinto Roldán no existe igualdad entre el hombre y la mujer. De ahí adoptaba las posturas milenarias de "no es lo mismo si un hombre tiene una aventurita a si una mujer tiene una putería". Esto que había hecho Johanna era inconcebible. Aquí el hombre soy yo, pensó dando un manotazo violento contra la mesa. Entonces su cuerpo lo traicionó.

–No te vayas. Te lo ruego– logró decir entre los dedos que tapaban su rostro.

Aunque este gesto de telenovela complació a Johanna Burgos, descubrió que no le importaba. Al carajo con todas sus fantasías románticas. Ahora iba a disfrutar y vivir en la realidad. Con un parco "Adiós, Jacinto" desapareció por la puerta.

Johanna pasó ser una esposa ignorada a ser la mujer más deseada y apetecible sobre la superficie del planeta.

Debía reconquistarla. Cuando llegó a la sala de emergencias "San Marino" –sin haber consumido un minuto de sueño– se cruzó a Libia, y entendió que era el hombre más estúpido de la civilización humana. El doctor Roldán se encerró en un cuarto y, mientras entretenía sus dedos jugando con el simbólico estetoscopio, reflexionó por centésima vez sobre su situación. No se trataba solo de perder a Johanna, sino que un caso de divorcio iba a exponer sus finanzas.

Le preocupaba el asunto del dinero. Sus deudas de apuesta no le permitían aliento. Cayó en aquel vicio de apostar en las peleas de gallos clandestinas y terminó debiendo cientos de miles de dólares al hombre más poderoso del bajo mundo. Pagaba parte de su deuda con pequeños robos a la bodega de la sala de emergencias, por eso era útil su relación con Libia. Los intereses que acumulaba no permitían que el balance se redujera. El adeudado ya estaba impaciente.

Durante este maratón de ansiedades, el doctor Roldán trabajaba como una máquina en automático. Le trajeron un joven herido de bala, y logró limpiar y vendar las heridas. Después de la dosis inadecuada de sedante, el paciente comenzó a hablar unos disparates tan descomunales que lograron distraer al doctor. Su compañero intentaba hacerle callar, pero aun así el herido llegó a contar que había estado en un parador de Utuado escondido para que el famoso Babilonia no lo descubriera. Entonces el herido se puso a cantar. Ahí fue que Roldán pensó matarlo, y eso lo llevó a otra reprochable idea.

Matar. Lo único que necesitaba era deshacerse del amante de su esposa. Entonces ella regresaría con él. Esto tenía que ser un disparate pasajero de Johanna, así que bastaba eliminar al disparate. Claro, había que conseguir alguien que se ocupase del trabajo. Él conocía el hombre que podía ayudarle. Miró al paciente. Todo encajaba como un designio divino.

El doctor Roldán salió del cuarto, buscó un rincón privado, y logró comunicarse con Babilonia. Explicó el problema de su esposa y el amante.

—¿Quién es la persona?

—No tengo idea.

—Debes empezar por ahí. Conozco un detective que podría ayudarte, Una vez sepas quién es el elemento, podemos hablar de términos y precios, aunque te adelanto que no tienes crédito conmigo.

–Puedo pagarte entregándote a alguien.

–¿Qué carajos quieres decir?

Roldán se percató de que dejó el expediente en el otro cuarto. No recordaba el nombre.

–Tengo un paciente que asegura que estuvo en un parador de Utuado y que se ocultaba de ti. ¿Significa eso algo?

Tomás Babilonia tiró un pedazo de su barba con tanta fuerza que terminó con una mecha de pelos en la mano.

–¿Está el tipo contigo?

–Está sedado en un cuarto.

–Entonces, esto es lo que haremos. Yo voy pronto a la oficina del detective. Te voy a dar la dirección para que nos encontremos allí. Llévame a tu paciente.

–Pero no puedo hacer eso...

–Si me vuelves a interrumpir, voy allá y te interrumpo la existencia para siempre.

El doctor tragó un enorme buche de saliva.

–Disculpa.

–Te voy a perdonar la deuda– Babilonia no recordaba

exactamente la cifra, pero sabía que, en sus estándares, era menudo de bolsillo –También te regalo la limpieza del tipo que te robó la mujer. Puedo simpatizar con esos casos.

Roldán no tardó en decidir.

–Nos veremos allí.

Babilonia le dio la información al doctor Roldán. Cuando colgó, se viró hacia Isabelino, su matón de confianza.

–Procura andar con bolsas extras. Hoy tienes mucho trabajo.

Millán Gil

Millán Gil contemplaba si debía recurrir al plan alterno. A pesar de los riesgos, confiaba en que Leandra cumpliría su encargo. Lo que no anticipó era la actitud hostil de ella cuando le pidieron el aparato fotográfico. Según acordado, ella se encontró con el asesor del Gobernador, pero solo para decirle que estaba avergonzada de haber accedido a participar en semejante chantaje, y advertirle que si alguien se atrevía a insinuar que el Presidente tenía una amante, le dejaría saber a la prensa todos los ardides y trucos que el Gobernador y su gente maquinaban. Si el Presidente se hunde, nos hundimos todos.

Cuando Leandra se despidió del Presidente esa mañana, le anunció que se iba para no regresar. No me llames, no me busques, no me recuerdes. Konrad Moriarty le rogó que le perdonara cualquier ofensa, que por favor, no me dejes, sin ti para qué voy a respirar. Leandra, que era experta en lucir dura de corazón, no flaqueó, y dejó al Presidente convertido en un desecho de hombre. Moriarty dijo que no se movería de aquel cuarto, que estaría siempre allí para que ella pudiese encontrarlo, fuera en treinta minutos o treinta años. No seas tonto, dijo ella, tienes que regresar a manejar tu país. Moriarty respondió que se joda América, que se joda el mundo, que se joda la humanidad, prefiero esperar por ti. Ella estaba saliendo por la puerta cuando el Presidente le pidió al menos un polvo de despedida, pero Leandra resistió la sugerencia. Buscó el bolígrafo dorado en el patio del parador para destruirlo, pero desistió en pocos minutos. Se perdió entre tantas plantas, pensó. Entonces arrancó hacia su cita con Millán Gil en un hotel de Ponce.

Millán Gil era el hombre de confianza del Gobernador. A pesar de que se conocían desde niños, mantenían una relación que no podía describirse como amistad; más bien era admiración mutua. César Romelló respetaba la agresividad estratégica de Millán Gil, mientras que éste temía a la aparente invulnerabilidad del otro. El día que se conocieron, César enredó la cuerda de la chiringa en uno cables eléctricos y sobrevivió el golpe.

Cuando recobró el conocimiento, ya Millán había conseguido una cometa similar en la farmacia, y se la daba a César, prueba de que desde muy joven supo identificar cuándo le convenía crear una relación.

El resto del PNP odiaba a Millán Gil, pero el Gobernador confiaba en él, aunque muy pocas de sus ideas daban resultado. El Partido Popular se burlaba de fiascos tales como el diccionario panfleto. Nadie tampoco olvidaba que Millán fue quien insistió en la idea de traer nieve.

El plan era anunciar una nevada para todos los niños de Puerto Rico. Transportarían la nieve desde Estados Unidos en un avión de carga y la dejarían caer sobre un parque. Los Populares no podrían burlarse ni rechazar el proyecto, pues la idea era una tradición que décadas antes fomentó Doña Fela, una de las figuras más importantes en la historia del PPD.

El anuncio de la actividad tuvo mucha aceptación entre los puertorriqueños, quienes siempre han sido amantes de los espectáculos libres de costo. El día de la actividad, unas cien mil personas se reunieron en el Parque Central en espera del evento.

El Gobernador César Romelló estaba frente a todos en una tarima. En una esquina se encontraba parada la candidata popular Yolanda VanGarbo, alcaldesa del municipio. El Gobernador tuvo que resignarse a invitarla mientras que ella tuvo que resignarse a aceptar.

César Romelló pidió a los presentes celebrar que hoy, todos juntos, aún con un mar de distancia, podremos jugar con la nieve como deben estarlo haciendo nuestros hermanos boricuas en Nueva York, Chicago, y otras partes de Estados Unidos, mientras disfrutan la seguridad y estabilidad de la ciudadanía americana.

El público estaba ansioso, ya que el cielo se estaba nublando, y temían que la lluvia les aguara la fiesta. El discurso de César Romelló era interrumpido cada vez que un avión cruzaba el espacio aéreo sobre el parque, pues los presentes gritaban pensando que por fin había llegado la nieve.

Lo que ocurrió cuando llegó el avión fue grabado por las cámaras, lo cual fue afortunado porque si no todo iba a pasar a la historia como una ilusión por histeria colectiva. Un rayo bajó del cielo en dirección a Romelló, pero el avión estaba en medio de la ruta de bajada, y el azote fue para uno de sus motores. El piloto decidió regresar al aeropuerto, pero antes debía liberar el peso de la carga, así que dio una vuelta sobre el parque y soltó la nieve de un golpe, cayendo una gigantesca pelota de veintisiete toneladas de hielo triturado encima del Gobernador, reventando la tarima como un insecto bajo el matamoscas.

El público quedó frío –aunque menos que César Romelló– ante el horrible accidente, pero los niños ni se preocuparon por eso, se desprendieron de sus alelados padres, y treparon sobre la montaña de nieve como hormigas sobre un dulce en la tierra. Resultaba imposible llegar hasta donde se encontraba el Gobernador. Tres horas más tarde lograron sacarlo con varios huesos rotos y casi muerto por hipotermia.

Millán no consideraba que el evento había sido un total desastre. En la confusión, nadie notó que una segunda pelota de nieve, no más grande que un Volky, había caído sobre la alcaldesa. La descubrieron cuando el hielo se derritió. Desde entonces anda en silla de ruedas.

César Romelló, como de costumbre, fue afortunado y salió del hospital dos semanas más tarde, reforzando la creencia sobre la protección sobrenatural que le rodeaba.

Sus planes previos no habrán sido perfectos, pensó Millán, pero en éste no voy a dar espacio a fracasos.

Leandra se arregló la peluca y las gafas oscuras, preparada para abandonar el lugar. Entonces Millán la detuvo con las siguientes palabras:

—Usted tiene un hermano a quien le dicen "Tito". ¿Cierto?

Leandra simuló como si no le importara.

—Sí. ¿Qué tiene que ver?

—Bueno, resulta que hoy su hermano visitó una sala de emergencia en Arecibo. Parece que le pegó un tiro a un amigo. Ahora el compañero está desaparecido, pero su hermano no está cooperando y esquiva las preguntas. ¿Sabía todo esto?

Leandra sospechaba hacía dónde iba esto encaminado.

—Suena como que le quieres que fabricar un caso.

—Se me olvidó decirte— añadió Gil —Encontraron en su vehículo uno de los diccionarios panfletos falsos. ¿Crees que si revisamos la casa encontremos pruebas de su participación?

Leandra pensó al respecto.

–¿Cuál es el trato?– preguntó Leandra tras un extenso suspiro.

–Necesitamos que el Presidente ceda a nuestro pedido. Recibirás el dinero acordado, y además exoneraremos a tu hermano de cualquier acusación.

Leandra decidió que al carajo. El Presidente estaba dispuesto a complacerla en lo que sea. No se necesitaba chantaje para esto. Ultimó los detalles del acuerdo, y partió de regreso al parador.

Agustín

Agustín Quiles pidió una votación para decidir si el MOL debía cambiar de líder. Si Agustín pedía un proceso democrático, era porque estaba seguro de vencer. En otras circunstancias hubiera impuesto su postura mediante la presión y la amenaza, el ataque verbal, la calumnia, el rumor inventado, teorías de conspiración sin evidencia, y la burla despiadada.

Aprendió el valor de estas técnicas temprano en la vida. Su clase de tercer grado tenía que seleccionar el color del uniforme para el día de juegos. La opción favorita era el amarillo, pero Agustín prefería el verde. La votación sería por la tarde, así que, anticipando su derrota, buscó un par de compañeros de minoría y juntos dedicaron el período de recreo a burlarse de quienes preferían el amarillo, diciéndole a las niñas que ése era el color de la diarrea, y a los varones les formaban un coro acusándolos de loca, loca, loca. Su intención no era vencer sino mortificar a quienes no opinaban como él pero, para su sorpresa, el verde ganó con amplio margen. Agustín descubrió el mecanismo para que su opción venciera por encima de la opinión de otros: No se trataba de mostrar las virtudes de tu postura, sino humillar la opinión de otros.

Agustín fue dominando el talento del "bullying liberal", disfrutando sin remordimiento la ironía en callar a otros mientras defiende la libertad de expresión.

Agustín podía vivir con estas contradicciones, ya que era ciego cuando le aplicaba a él. Por ejemplo, hablaba del amor a Puerto Rico, pero no escatimaba en dejar basura tirada. Desde su punto de vista, hay muchos que recogen la basura pero quieren ser estado, ¿eso es manera de amar la patria? Esto no justificaba sus actos, pero era más fácil que caminar hasta un zafacón.

Otra práctica en que no veía conflicto: Protestaba contra la gente que juzga y pone sellos de estereotipos pues eso es prejuicio, pero pone sellos estereotipados a quienes sospecha que son prejuiciados. Si no estás de acuerdo con decir "todos y todas", eras un machista. Si dices algo positivo de Estados Unidos, eres un vendepatria. Si decides buscar suerte en Orlando, eres un traidor. Si dices que eres cristiano, eres un untraconservador homofóbico. Si estás de acuerdo en algo con los republicanos, eres un nazi. Si le llevas la contraria en alguna de estas conclusiones acusatorias, eras un racista, porque estás implicando que su opinión no tiene valor solo porque viene de un negro y, claro, primero muerto antes que dejar que un negro te corrija, ¿verdad, racista vendepatria? Solo en esos momentos la persona en la "discusión" se enteraba de que Agustín se identificaba de esa manera, pues su piel era toda blanca, aunque su pelo era rizado. Entonces le decían "disculpa, no sabía que eras negro", y ahí les clavaba un "no soy negro, soy afroantillano, racista neoliberal". No sabía qué carajo era "neoliberal", pero otros usaban la palabra despectivamente, así que estaba seguro de que debía ser un tipo de insulto.

Agustín convenció a Graciela y Boris de que Pedro Alfonso no tenía la capacidad de liderazgo para una misión tan grande. El líder del MOL dijo que tenía que hacer una llamada, pero como se resistía a usar celulares, decidió ir caminando hasta encontrar un teléfono de tierra. Ya no existían teléfonos públicos, así que debía encontrar un buen samaritano que le permitiese usar el teléfono de su casa. Si iba acompañado, podía lucir como un dúo de asaltantes, por lo que decidió ir solo. Dejó su Hyundai ocultó cerca de un área de viviendas, y comenzó su peregrinación en búsqueda de un teléfono. Esta misión le tomó unas tres horas a Pedro Alfonso, tiempo que aprovechó los demás miembros del MOL para usar los celulares que tenían ocultos, y tratar de conseguir un poco de señal, bien sea para hacer una llamada privada, o para buscar memes graciosos de un bloguero llamado "El Destripador con Tripas".

Agustín no quería estar allí. Deseaba una esposa, hijos, una casa, una oficina, y reuniones de emergencia para discutir cuántos invitados pueden traer los empleados al pasadía de la compañía. No quería hablar más de injusticias sociales ni desigualdades políticas; Deseaba charlar sobre lo inteligente que le salió el bebé, de que levanta la cabeza solito, de lo mucho que está cagando.

Eso no fue lo que expuso. Ya había corroborado que Graciela no admiraría su abandono en un momento tan crítico. Debía seguir con el plan, pero había que usurpar el liderazgo, y de paso sacar a Pedro Alfonso del medio.

–Pedro Alfonso está mal de la cabeza. Debe ser por tanta marihuana.

–Él no fuma –indicó Graciela.

–Y de todos nosotros, el más que fuma eres tú – añadió Boris.

–Entiendo. Como Pedro Alfonso es blanco y yo soy negro, el marihuanero soy yo.

–Píntalo como quieras– siguió Boris –Pero si Pedro Alfonso está un poco desajustado, no es por fumar hierba. Recuerda las palabras del maestro Albizu Campos: El que vive de odios se embrutece.

–Pedro Alfonso es incapaz de odiar– reaccionó Graciela.

–Odia ver su tierra sin libertad –explicó Boris.

–Ese asunto del disparo no me parece cosa de persona cariñosa. –remató Agustín

–Quizás es toda esta presión –opinó Graciela.

Agustín reconoció su entrada. Sus compañeros reconocían que no estaba pensando bien, por las razones que fuera.

—Puede ser— respondió Agustín probando otro tono. —Por su bienestar mental, es mejor quitarle la presión del liderazgo. Será nuestro líder, pero ante todo es nuestro amigo, y debemos protegerlo.

—Me dio mucha tristeza lo que pasó con la pistola, aunque haya sido accidental, es preocupante— dijo Graciela, como si pensara en voz alta.

—Hay que proteger a Pedro Alfonso de sus malas decisiones. —insistió Agustín viendo la marea a su favor.

—Me recuerda las palabras de José De Diego: "Los hombres no deben construir paredes y sí puentes para poder llegar a los otros hombres"— dijo Boris, no porque realmente quisiera un motín para "proteger" a Pedro Alfonso, sino porque no perdía la oportunidad de compartir una cita.

Agustín pensó en lo que Boris acababa de decir. La cita no aportaba nada, y estaba metiéndola a la cañona. Decidió guardarse el "eso no tienen un carajo que ver", y aprovechó para tirarlo firme a su bando.

—Muy bien pensado. Debemos hacer eso: Crear un puente entre nosotros y Pedro Alfonso. Yo cruzaré ese puente de peligro, pero cuando llegue al otro lado, lo abrazaré para que no caiga en el abismo, y tomaré su lugar.

Cualquier otro hubiera declarado "puro bullshit", pero todo sonaba inspirador y profundo. Poco después llegó Pedro Alfonso, y le confrontaron con el asunto. Se formó un drama:

PEDRO ALFONSO: ¿Quieren poner en peligro la misión?

GRACIELA: Queremos proteger la misión. Pensamos que estás muy agotado.

PEDRO ALFONSO: Moriré de cansancio si hace falta…

BORIS: La muerte es el progreso de una vida incompleta a otra completa. De nuestro Eugenio María de Hostos.

PEDRO ALFONSO: Lo que sea, no me interrumpas. Tengo que seguir a cargo, soy el contacto para conseguir el líquido.

AGUSTÍN: No sabemos si eso es cierto. (TOMA UN SORBO DE SU BOTELLA DE AGUA PARA CREAR SUSPENSO) Además, nunca nos has dicho con quién hablas.

PEDRO ALFONSO: Mientras menos sepan mejor.

AGUSTÍN: ¿Por qué? ¡El conocimiento es poder!

BORIS: "El conocimiento es el opio del pueblo"… Karl Marx

PEDRO ALFONSO: No es así Boris. Se dice "El conocimiento es el ron cañita del pueblo"… y fue Groucho Marx.

GRACIELA: ¿Quién es Groucho Marx?

PEDRO ALFONSO: Un comediante de los mejores.

GRACIELA: ¿Estás insinuando que el "Manifiesto Comunista" es una comedia?

PEDRO ALFONSO: No, no, claro que no. Es que se equivocó en la cita.

GRACIELA: La opresión de la clase obrera no me parece graciosa.

PEDRO ALFONSO: El comentario fue una payasada de mi parte.

AGUSTÍN: ¿Qué pasa con los payasos? Mi abuelo fue payaso. (APRIETA LA BOTELLA DE AGUA, CREANDO UN EFECTO DE ENOJO MUY EFECTIVO. RECUERDE: NUNCA DISCUTA SIN SU BOTELLA DE AGUA EN MANO)

PEDRO ALFONSO: ¿En serio? No sabía que venías de una familia de payasos.

AGUSTÍN: No insultes a mi familia. No son "payasos", son "profesionales del humor familiar clásico".

PEDRO ALFONSO: ¡Tú fuiste quien usó la palabra payaso!

AGUSTÍN: Yo puedo usarla, porque vengo de payasos.

PEDRO ALFONSO: Está bien, no hago bromas ni hago referencia a grupos. Volvamos al tema. Ya hablé con la persona. Y hay cambios.

AGUSTÍN: ¿Cambios a esta altura? Esto está fuera de control.

PEDRO ALFONSO: Hay que buscar los camiones tanque mañana temprano en un parador de Utuado.

GRACIELA: ¿Por qué?

PEDRO ALFONSO: No sé las razones, estaba hablando en la sala de la casa de una familia y la señora estaba pendiente a mi conversación, así que fui corto y discreto.

BORIS: "Lo que más constituye la patria es el pueblo"…. Luis Llorens Torres.

GRACIELA: ¿Eso qué tiene que ver?

BORIS: Bueno, es que mencionaron a Utuado. Eso es un pueblo en la montaña. Me tardé un poco en recordar la cita.

AGUSTÍN: Yo pienso que no hay contacto, y que no hay camiones.

PEDRO ALFONSO: ¿Por qué habría que mentir?

AGUSTÍN: Quizás no mientes con intención. Puede que exageres, o quizás sea tu imaginación.

GRACIELA: Como tu paranoia con los teléfonos.

AGUSTÍN: O el gringo que te persigue.

PEDRO ALFONSO: ¿Gringo? Debieras decir "estadounidense", ¿no?

AGUSTÍN: ¿De qué bando eres?

PEDRO ALFONSO: Estoy siendo sarcástico.

GRACIELA: ¿Qué es eso? ¿Cómo cuando uno trata de decir un chiste?

AGUSTÍN: Espero que no consideres un chiste haberle disparado a Marcos.

PEDRO ALFONSO: ¡Eso fue un accidente! ¡Les digo que no estoy loco!

BORIS: "La emancipación absoluta es ley natural de la que no pueden sustraerse los pueblos ni los individuos"… Francisco Gonzalo Marín.

AGUSTÍN: ¿Y eso?

BORIS: Dijiste que a lo mejor exageraba o que quizás

era su emancipación.

AGUSTÍN: ¡Imaginación! ¡Carajo, Boris, no participes más hasta la hora de la votación!

PEDRO ALFONSO: Solo votaremos para escoger quién se queda fuera.

GRACIELA: ¿Fuera de qué?

PEDRO ALFONSO: Hay otros cambios en el plan que no les he dicho.

AGUSTÍN: ¡Ja!

PEDRO ALFONSO: Ahora solo pueden darme tres camiones tanque. No es necesario que todos nos arriesguemos. Uno de nosotros puede quedarse.

GRACIELA: ¿Qué sugieres?

PEDRO ALFONSO: Vamos a pasar la noche en el ranchón, como habíamos planeado. Mañana temprano hacemos la votación.

AGUSTÍN: ¿Por qué no ahora? (TOMA DE FORMA "CASUAL" UN SORBO DE AGUA, SIN DESPEGAR LOS OJOS DE PEDRO ALFONSO)

PEDRO ALFONSO: Están todos alterados, debemos decidir con la razón y no con las emociones. Y si la votación mañana es que no vaya, prometo darles toda la información para que lo hagan ustedes, y yo me retiro.

BORIS: ¿Puedo decir una cita?

AGUSTÍN, GRACIELA, PEDRO ALFONSO: ¡No!

GRACIELA: Lo que sugiere Pedro Alfonso es sensato.

Agustín pensó insistir, y recurrir a su armamento de atropello contra opiniones contrarias a la suya, pero pensó que la sugerencia del líder le convenía. Si votaban ahora, Pedro Alfonso podía terminar expulsado. Si esperaba a la mañana siguiente, quizás podía cambiar las circunstancias para que lo sacaran a él de la misión. Era la manera perfecta de salir de ese disparate sin lucir como traidor o cobarde frente a Graciela.

Cuando el grupo se dividió para prepararse a dormir, Agustín aprovechó y tiró su botella plástica de agua en la grama. No hay contradicciones.

Isabelino

Isabelino Santiago no quería matar a Marcos. El joven estaba de rodillas en el solar baldío, con la punta del cañón en la frente, a solo un doblar de dedo para dejar de existir.

En sus años como gatillero de Babilonia, Isabelino había matado sobre medio millar de personas, incluyendo rivales de negocios, clientes "malapagas", socios decepcionantes, agentes de la ley, obstaculizadores inocentes, testigos de corte, fiscales idealistas, jueces incorruptibles, traficantes novatos, amigos ingratos, familiares chismosos y, en general, cualquier nombre que encargara el jefe, fuese por necesidad de negocio o mero capricho. Isabelino no sentía remordimiento, pues tenía certeza de que ninguno de ellos ameritaba vivir. Marcos era diferente.

Isabelino nunca soñó ser matón. Su ilusión de joven era ser un gran escritor y poeta, así que completó un doctorado en filosofía. Siempre lleva una copia reducida del diploma en su billetera, la cual gusta enseñar a sus víctimas poco antes de matarlas. Este orgullo le fue inútil cuando finalizó sus muchos años de estudios, en los que depositó su energía y juventud. Nadie requería de un humanista. La única oferta que recibió fue como profesor universitario, pero rechazó la oportunidad, pues pensaba que estaría perpetuando la creencia de que una carrera en humanidades solamente servía para enseñar humanidades, como un ciclo de preservación de especie. Isabelino le demostraría a la sociedad lo valioso que podían ser los filósofos en los campos de la tecnología, las ciencias, la banca y el mundo empresarial.

Las empresas tenían un punto de vista radicalmente distinto. Isabelino mentía en sus solicitudes de empleo para poder ganar acceso a las entrevistas, seguro de que una vez que les hablara, los convencería de su potencial de aportación. Pero la filosofía no es un campo que aprecien los profesionales de la contabilidad y el mercadeo.

–¿En dónde usted se ve de aquí a cinco años?

–No hay futuro, solo presente.

–¿Cómo que no hay futuro?

–No hay evidencia de que exista.

–Le aseguro que existirá.

–No si John Mc Taggart tiene razón y el tiempo es solo una ilusión.

–¿John Mc Taggart? ¿Eso es una referencia de empleo?

–Para nada, ya hace unos cien años de su muerte. Digo, a menos que eso también haya sido una ilusión.

–Creo que eso es todo. No llame, nosotros le llamaremos si tenemos interés. Gracias por su tiempo.

–¿Cuál tiempo?

Nadie le ofreció empleo. Quedaron destrozados sus sueños de aumentar la productividad de la fuerza laboral mediante las reflexiones de Aristóteles; no podría establecer la etapa de desarrollo de la empresa según Kierkegaard; nada de establecer metas corporativas de acuerdo a Nietzche.

Decenas de frustraciones y deudas se acumularon hasta que Isabelino declaró que no toleraba más tener que vivir como parte de una especie indiferente a su propia existencia, más consiente en "vivir" que en "ser". Así que si no aprecian su propia presencia en el universo, quizás no había tragedia en dejarlos ausentes. La idea de matar se le encajó entre las cejas, y con imparable convicción, logró coordinar una cita con Babilonia a través de un primo narcotraficante.

Isabelino, con la misma seguridad que manifestaba en sus entrevistas, le dejó saber al gran jefe del bajo mundo su disposición para ser matón. Cierto, carezco de experiencia –expresó con la firmeza de un político exitoso– pero soy un tipo que aprendo rápido. Babilonia sintió curiosidad, ya que tal maniobra parecía un truco de encubiertos o vengadores. Decidió hacer una prueba.

–Esto es lo que haremos –ofreció con el tono aburrido de quien anticipa el resultado– Mis dos mejores matones tienen que eliminar esta tarde al gerente de un negocio que utilizo para lavado de dinero. Tú sabes, gente que no resiste la tentación ante tanta riqueza y empiezan a darse propinas sin permiso. Ve con mis muchachos, y ocúpate tú de matar al tipo. Si no lo haces, enterrarán tu cuerpo en algún solar baldío, excepto tu cabeza, la cual pediré que me traigan para poner sobre el muro de mi patio y practicar el tiro al blanco. ¿Qué me dices?

Babilonia esperaba que el novato se asustase y declinase la oferta, en cuyo caso habría tenido que matarle en el momento, pero para su sorpresa, Isabelino se puso de pie y estiró su brazo, esperando sellar con un apretón de mano el acuerdo. Isabelino nunca había llegado tan lejos en una entrevista de empleo.

Los dos matones tampoco creían que un tipo como Isabelino, que se aparece a pedir un trabajo de matón vistiendo corbata, oliendo a colonia y cargando un bolígrafo en el bolsillo, fuese a poder realizar la labor. Le dieron una pistola y le explicaron brevemente cómo usarla. Isabelino estuvo concentrado en la corta lección e hizo un par de preguntas aclaratorias. Lo que no supo hasta más tarde es que la pistola carecía de balas.

Horas después, Isabelino regresó donde Babilonia. Estaba despeinado y sudado, cargaba una bolsa de lona, y aunque lucía cansado, tenía muy buen ánimo. El jefe mafioso le preguntó sobre los acontecimientos, y esto fue lo que Isabelino le contó:

"Llegamos los tres al negocio poco después del cierre. El gerente estaba solo y nos dejó pasar sin disimular su nerviosismo. La presencia de dos de sus matones sin que usted estuviera tiene que haberle indicado el tipo de gestión que íbamos a realizar. Nos reunimos todos en una oficina, el gerente nos ofreció café aunque la máquina ya estaba apagada. Estaba tratando de ganar tiempo con sus cortesías, organizando excusas y explicaciones en su mente, quizás un plan de defensa y escape. Sus muchachos son expertos, pues no cayeron en el juego. Me hicieron una señal, y entré en acción. Me acerqué al gerente, y con fuerte tirón lo lancé contra el suelo. Le puse una rodilla en el pecho, saqué el arma, y le apunté a la cabeza. Entonces le hice la pregunta."

–¿Qué le preguntó?– Babilonia no recordaba haber encargado que lo interrogaran.

–Le pregunté: ¿Quién dijo "el infierno son los demás"?

Babilonia sospechaba que no debía pedir la respuesta, sino esperar que Isabelino continuase la historia.

–Pues me contesta, casi como haciendo una pregunta: "Tomás Babilonia". Pensé que era un chiste, así que le di otra oportunidad. Me dijo que no sabía. Entonces le digo que es un inútil, un ignorante, un ser sin sentido, un pedazo de materia orgánica sin alma, un desperdicio humano, un jodío imbécil, que la respuesta es Sartre. Entonces me pregunta que cuál sastre. Ahí pierdo la paciencia y halo el gatillo. Pero no había balas en la pistola. Así que agarre el arma por el cañón, y con la culata le golpeé el cráneo varias veces y no paré hasta que su cerebro se derramó en la alfombra."

Babilonia tenía el trago fijo en la boca. El hielo derretido le había mojado la barba. Él era el hombre más temido en occidente, y sentía un poco de pánico en ese momento, porque al igual que el gerente, él se había cuestionado qué sastre. Isabelino, sin prisa, continuó:

– Cuando miré a sus dos matones, estaban boquiabiertos. Pregunté qué debíamos hacer con el cadáver. Dijeron saber dónde escondía el dinero, que simularíamos un robo, y dejaríamos el muerto allí.

–¿Dónde están ellos?

–Traigo sus cabezas en este saco.

Babilonia, quien tenía reflejos muy afinados, presionó sus dedos contra el vaso de cristal y evitó que se le cayese. La pausa de Isabelino fue corta.

–En el camino de regreso me adularon, pero era una admiración actuada. Estaban intimidados por mi talento.

Lo supe cuando después de mi buen trabajo, no me ofrecieron balas reales para mi arma. Sospeché que querían eliminarme y después venirle a usted con otra historia, porque noté que el dinero lo dividieron en dos grupos, solo iban a entregarle uno y se repartirían el otro. En fin, usted pensaría que el gerente lo habría robado.

Babilonia movió la cabeza con aprobación. Isabelino lo notó. Por fin estaba pasando con éxito una entrevista de trabajo.

– Tomaron una ruta inhóspita, lo cual me convenía. Yo estaba sentado al lado del chofer, y uno de ellos iba atrás. Les pregunté qué opinaban sobre las ideas de Descartes, y los muy brutos me dijeron que no seguían la política. Tomé el bolígrafo y se lo clavé en el ojo a quien iba conduciendo. Su reflejo fue apretar el freno. Yo me había puesto el cinturón, pero el tipo de la parte trasera salió disparado entre los dos asientos del frente, y ahí le enterré el bolígrafo en la nuca. Ya me deshice de los cuerpos. Aquí traigo sus cabezas para que usted y yo practiquemos tiro al blanco en el patio.

Tomás Babilonia no resistió ofrecer una ovación de pie. Pasó la noche bebiendo y practicando la puntería con

Isabelino, y le ofreció la posición de "hombre de confianza", que era el rango mayor que podía aspirar un guardaespaldas, mensajero, servidor y matón. La única condición de trabajo que puso Babilonia era que no le hiciera preguntas de filosofía.

Desde entonces, Isabelino y el jefe han mantenido una relación cercana, pero la confianza estaba erosionando. Tomás Babilonia se comportaba muy errático desde el asunto de su esposa. Olvidaba sus palabras, confundía sus pensamientos y obviaba compromisos, como si nunca hubiesen existido. Antes de la cita en la oficina del detective, le instruyó que quizás habría que matar al detective. Esta última posibilidad era la que preocupaba a Isabelino: Significaba que Babilonia no deseaba dejar vivo a nadie que supiese sobre la infidelidad de Zahira, y eso lo incluía a él.

Después pensaría sobre eso. Ahora, debía terminar su encargo.

Cuando llegaron a la oficina del detective, el doctor Roldán ya estaba estacionado al frente. Sin ningún disimulo, llevaba a Marcos sentado a su lado.

—Es un jovencito. Yo soy mayor que Zahira, pero no

soy viejo. ¿Qué crees Isabelino?

Terreno peligroso. Isabelino lo evitó.

–¿Qué quiere hacer, jefe?

Babilonia disfrutaba de participar en el sufrimiento de quienes le enojaban, pero por primera vez, no quiso ser parte. No podría arrancarle las uñas sin imaginar esos dedos manoseando a su payasita Aleluyí. No podría castrarlo sin pensar que la lengua de su amada recorrió ese cuero estrujado. No podría visualizar todos estos actos sin llorar.

–Mátalo y después regresa.

Fue así como ahora Marcos estaba de rodillas en un terreno de neveras y estufas desechadas. Los efectos de los calmantes lo tenían de buen ánimo a pesar de que lo iban a matar.

–Voy a volarte la cabeza. Antes que mueras, quiero que sepas que tu utilitarismo te ha traído hasta aquí.

El dedo ya apretaba el gatillo pero Marcos habló:

–¡Ja! ¡Utilitarismo! Jeremy Bentham es un payaso.

Isabelino bajó el arma. Tiene que haber sido un error lo que escuchó.

–¿Qué dijiste?

—Y John Stuart Mill también. "Es mejor ser un humano insatisfecho que un cerdo satisfecho". Yo quisiera ser el cerdo ahora mismo.

Entonces Marcos imitó los gruñidos de un cerdo y comenzó a reír.

—¿Eres estudiante de humanidades?

—No, estudio biología. ¿Pero de qué sirve conocer las partes del cuerpo si no sabemos dónde habita el alma?

—¿Por qué hablas como si el alma existiera?

—Depende como lo definas. Para mí el alma es lo que te haga vivir. En mi caso, mi alma es el arte.

—¿Eres artista?

—Cantante.

Isabelino estaba en una encrucijada que debía resolver. Ésta era la primera vez que consideraba que una persona no debía morir. Trató una trampa.

—¿Qué cantas? ¿Reguetón?

—No, aunque no me molesta. Lo importante del arte es que exprese la realidad de cada uno. Hay quienes lo detestan solo porque no habla sobre ellos. ¿Y qué? Lo importante es que el artista está expresando su experiencia con la vida, ¿no le parece?

Isabelino bajó el arma. Si había algo que el matón detestaba, era los susodichos "intelectuales" y "académicos" que criticaban la expresión de otros. ¿Qué carajo es eso de "intelectual", cuando se usa para describirse como superior en inteligencia? ¿Quién se proclama ese "título", y se considera autoridad en el arte, expresión y gusto de otros? Marcos debía vivir.

Entonces Marcos cometió un error.

Comenzó a cantar.

Isabelino pensó que toda alma debe expresarse por el arte, pero hay almas que debieran callarse la boca.

Volvió a levantar el arma y justo cuando iba a terminar con Marcos, sonó el celular.

Era Babilonia.

—Por fin. Te he llamado varias veces.

—Recuerde que dicen que hay problemas con las líneas.

—¿Ya lo mataste?

—A eso iba.

—Pues ése no es el tipo. Ven, que a quien tienes que matar puede ser difícil.

Babilonia nunca decía eso. Así que Isabelino tuvo

que preguntar.

—¿A quién debo matar?

—Al Presidente de los Estados Unidos.

Isabelino tuvo dos pensamientos. Primero, que pretender matar al Presidente de los Estados Unidos era una locura. Segundo, que era un alivio no tener que matar a Marcos —quien ya no cantaba— ya que jamás había conocido a un verdadero ser pensante.

—Y otra cosa— añadió Babilonia, quien estaba en uno de sus humores sanguinarios —Mata al tipo ése y tráeme su cabeza.

Domingo

Macoto

En la mañana del domingo, Macoto trató de escribir uno de sus controvertibles blogs, pero no esperaba tantas interrupciones, gritos, peleas y explosiones en el parador. En un momento durante el caos, pensó que todo lo ocurrido le iba a servir para su mejor escrito en las redes. Y ciertamente, hubiera sido su mayor triunfo viral y lo convertiría en una estrella de las redes alrededor del mundo. Pero eso no ocurrió, porque después de los incidentes no habría Macoto, ni parador, ni Utuado, ni Puerto Rico.

Su nombre en las redes era "El Destripador con Tripas", apodo que le espetaron durante su adolescencia cuando trabajaba en una carnicería y el jefe se burlaba de su gordura. Aunque detestaba el nombre, reconoció su gancho cuando decidió ser una estrella de las redes sociales. Nadie le conocía con ese apodo, pues nunca lo había compartido, y el dueño de la carnicería ya había muerto cuando se ahogó con una zanahoria mientras comía ensalada.

Macoto no era un buen bloguero. En sus comienzos copiaba memes cuando ya estaban diseminados, y calcaba sin disimulo de los posts de Macetaminofén y el Blogiante. Cuando todos comenzaron a criticarle el descaro, Macoto descubrió una técnica para lograr atención: La controversia caprichosa.

La controversia puede ser beneficiosa: Demuestra que no debemos tener temor en cuestionar posturas que han sido impuestas como las únicas correctas, y obliga un debate para que las partes conozcan los distintos ángulos de un asunto. Pero ése no era el debate que interesaba a Macoto, ni siquiera entendía ese tipo de intercambio. Lo que interesaba era el furor de los insultos que invitan a la participación de las tropas virtuales de justicieros contra los agravios.

Así fue como "El Destripador con Tripas" sugirió que el problema de los perros realengos se resolvía usándolos como alimentos en comedores escolares. El aborto no solo debía ser un derecho; debía ser obligatorio para las feas. Debemos aprovechar la trata humana para resolver la escasa mano de obra en el recogido del café. Macoto disfrutaba viendo cómo los comentarios, "share" y "views" aumentaban con bandos que preferían proponer insultos en lugar de argumentos.

Macoto no apoyaba ninguna de estas posturas – aunque tampoco se oponía a ninguna de ellas. Solo le interesaba agitar las masas, aunque las mayores reacciones eran contra su ortografía y su uso intercambiable de los vocablos "ay", "hay" y "ahí". Esto último –espero que todos estemos de acuerdo en esto– justificaba el odio que se ganaba en las redes.

En el "blog" de hoy, pensaba justificar las "chillerías"; una defensa a la infidelidad era éxito asegurado. Pero prefería identificar un tema que le diera pretexto para compartir su foto. Estaba deseoso de escapar su anonimato y disfrutar la fama que creía tener.

Ya había comenzado a jugar con la idea de compartir fotos. Unas semanas antes, quiso aprovechar la calentura del tema del plebiscito anunciado, y compartió una foto de un paisaje desde el parador. No era una buena foto, ni siquiera buscó un ángulo para que no saliera parte del estacionamiento en el paisaje. Lo que se podía apreciar de la vista desde la montaña era –como en todo panorama de esta isla– un hermoso espectáculo. "El Destripador con Tripas" añadió la siguiente nota: "Tanta cosa que ay paisajes lindos en Puerto Rico; cualquier paisaje en los Estados Unidos le da veinte patadas a los nuestros."

Fue un "post" exitoso con: unas ochenta personas diciendo que era cierto y que nos creemos que todo lo nuestro es mejor; sobre doscientos indicando que el boricua es acomplejado y se cree que todo lo de afuera es mejor, y sobre quinientos quejándose de que ese "ay" debe llevar "h".

La foto cayó en la atención de Adelaida Arocho, quien exploraba en las redes todo lo comentado sobre el tema de la estadidad. Le llamó la atención que en el estacionamiento había un hombre engabanado en negro y con gafas, vestimenta atípica para pasear en un parador de la montaña. Amplió para apreciar los detalles. Ella no olvida una cara, y menos tan peculiarmente rígida. Se trataba de Gart –o quizás de Bart– uno de los guardaespaldas del Presidente de los Estados Unidos, quienes habían visitado la Fortaleza tiempo antes.

Durante horas Adelaida exploró fotos en las redes en que aparecía el parador, vio gente obviamente disfrazada que se repetía, y con un poco más de investigación, descubrió el truco de Moriarty con Leandra.

Macoto estaba ajeno a todo esto, pues tenía una dura combinación de poco observador con idiotez. El tema de la infidelidad lo tenía vivo en la mente por el acuerdo con el detective. En la tarde del viernes, se le había acercado Gonzalo Matías. Éste le ofreció doscientos dólares a Macoto por poner un bolígrafo en cierto cuarto, y seguir ciertas instrucciones para activarlo. El detective regresaría el sábado a recogerlo.

Cuando Gonzalo Matías se retiró, Macoto estudió el bolígrafo. La tecnología ya estaba pasada de moda. La pieza guardaba en memoria las fotos que tomaba, y cuando quitabas la tapa, tenías un conector para alguna computadora. Macoto consideró que la pieza podría serle útil antes de darle el uso detectivesco.

Macoto decidió participar en el "challenge" del momento. La modalidad del "challenge" consiste en tirar un reto en las redes, para que participen todos aquellos que no resisten sentirse excluidos. Los retos pueden ir desde echarse agua congelada por encima, conducir un carro y bajarte a bailar mientras está en movimiento, mostrar una foto tuya de diez años antes, en fin, es tu oportunidad de demostrar que eres único haciendo lo que hacen todos.

El "challenge" del momento consistía en sacarte una foto con un animal, y que ambos estuvieran vestidos idénticos. Los primerizos al reto sacaron fotos con sus perros y gatos, vestidos con distintas ropas en combinación. En pocos días escaló a uniformes y disfraces (uno de los más populares fue un individuo que vistió a su iguana con una camisa desgarbada y le amarró un vasito rojo en la mano, y ambos lucieron en la foto como un ex gobernador durante una noche de jangueo). Entonces comenzó la competencia por disfrazarse junto a un animal exótico. Los noticieros dieron amplia cobertura del joven que sufrió un pulmón perforado cuando un toro se resistió a que lo vistieran de mariachi.

Macoto contrató quien le preparara una réplica del vestuario de Lin-Manuel Miranda para representar a Alexander Hamilton en su popular musical teatral para la cual, aún a casi dos décadas desde su estreno, no se conseguían boletos. Otra copia de la ropa sería vestida por un cerdo, entallado a la medida. Macoto había robado el animal de una finca en otro pueblo y lo mantenía oculto en un corral que improvisó en una deteriorada piscina para niños que estaba en un sector abandonado del parador. La idea era llamar a la foto "Hamilton con Jamontón". Estaba confiado de que sería un éxito viral rotundo.

La idea resultó más colorida que la ejecución. Macoto descubrió que vestir a un cerdo no era una tarea fácil, y que el animal se resiste con mordidas dolorosas contra las manos. Macoto recordó que su madre le confesó que cuando él era un niño muy inquieto ella lo tranquilizaba con un ron en la leche. Decidió alimentarle al cerdo algo del pitorro barato que compraba para el inquilino feísimo que llevaba varias semanas allí.

Macoto no consideró que el cerdo, antes de llegar a la etapa de borracho dormilón, pasaría por la etapa de borracho violento. El animal embistió contra sus piernas, contra los muebles, contra las puertas, y Macoto tuvo que esconderse en el cuarto de jardinería. Cuando sintió calma, salió y ya el cerdo estaba inconsciente. Logró vestirlo, pero el efecto del pitorro fue pasajero, y el cerdo le mordió el rostro. Macoto volvió a esconderse y no salió hasta que Arthur Rock, quien llegaba a trabajar la jardinería, lo encontró allí.

Jamontón no estaba en el parador, pero había dejado un reguero terrible. Macoto mantenía sus cosas en un bolso de tela, que el cerdo desbarató. Algunas cosas aparecieron enseguida, tales como la botella de pitorro, que tenía la tapa masticada como si el animal si hubiese tratado de abrirla. Ahí fue que perdió el bolígrafo dorado que le habían confiado. Por eso se sintió afortunado cuando esa misma noche encontró lo que él pensaba que era el mismo aparato.

Ante el fracaso del "challenge", Macoto intentaba generar nuevo contenido que mantuviera activo y vigente a "El Destripador con Tripas". El fin de semana conspiraba para no darle tiempo ni tranquilidad. En la noche del viernes, el agente llamado Bart –o quizás era el llamado Gart– le exigió que tranquilizara al jardinero que estaba haciendo escándalo en el patio. Todo lo que pidiera Bart y Gart debía cumplirse sin titubeos, así se lo había instruido la dueña del parador. El día del sábado fue un enredo: comenzó los preparativos contra el huracán; recibió al detective y le entregó el bolígrafo dorado; y tuvo que despedir al jardinero gringo loco que regaba veneno de matojo en las plantas del patio, gritando algo sobre te voy a matar donde quiera que te encuentres.

En la noche surgieron nuevas situaciones. Zahira le pidió que contactara un médico para atender a su pareja, aunque el enfermo se negaba a recibir ayuda. Zahira no quería tomar riesgo y le pidió a Macoto que consiguiera un doctor que le auscultara en la mañana siguiente.

Minutos más tarde llamó el detective y preguntó si la persona de las fotos aún estaba allí. Macoto –pensando que se referían a Toño Júpiter– contestó que sí, que inclusive la mujer que le acompaña había pedido un médico para la mañana siguiente.

Al otro lado de la línea, Gonzalo Matías cubrió el auricular y le dejó saber la situación a Tomás Babilonia. En el piso se encontraba el doctor Jacinto Roldán llorando de terror, ya que recién Matías y Babilonia habían visto la foto dentro del bolígrafo –varias poses del Presidente en calzoncillos frente a un espejo– y se aclaró que el joven secuestrado no era quién ellos estaban buscando.

–Estás de suerte. Necesitamos un médico mañana. Vas a venir con nosotros bien temprano, y vas a envenenar a tu paciente. Ahí cerramos nuestra deuda. ¿Entendido?

El doctor movió la cabeza en afirmación y abrazó las piernas de Babilonia, un gesto que todos –hasta el mismo Roldán– consideraron como patético.

Mientras Matías le decía a Macoto de que le llevaría un médico en la mañana, Babilonia pensó en el genio de su maldad. Tan pronto creyó que el amante de su esposa era el Presidente de los Estados Unidos, lamentó que sería difícil acercársele. Pero ahora tenía un plan discreto.

Las circunstancias cambiaron después, y con ellas la discreción. Apenas había salido el sol, y Macoto se había sentado a preparar su entrada al blog sobre el tema de los cuernos, cuando se apareció el hombre más encuernado en la historia de los cuernos. El ruido de camiones, portazos, y alguien hablando con tono fuerte de voz era inusual, mucho menos a esa hora.

Macoto salió al jardín de la entrada y vio varios

camiones tanque estacionándose en el enorme estacionamiento. Babilonia vociferaba instrucciones. Entonces se viró hacia Macoto, y notó su rostro de confusión.

–Son camiones con alcohol, o un tipo de alcohol. Creo que es un combustible.

–¿Para qué quiere eso? – preguntó Macoto, no por reto sino por curiosidad, ya que también tenía órdenes de nunca contrariar a Babilonia.

–Usaré todo eso para quemar este jodío parador y toda la puta montaña en que se encuentra. Pero solo si no funciona lo que voy a tratar antes.

–¿Qué es lo que va a tratar antes?

–Mi suegra viene de camino, a ver si hace entrar en razón a mi mujer.

Boris

Boris Trabal entró a la casa de Yolanda VanGarbo usando la llave que ella le mantenía oculta en un tiesto. Desde el incidente que la dejó en silla de ruedas no tuvo más remedio que aceptarle en su casa, pero ahora en visitas mucho más cortas y discretas.

Yolanda gritó al verlo, y no fue de la emoción. Ella detestaba a Boris.

–¿Qué haces aquí? – preguntó casi dejando caer la tostada que desayunaba.

–Me sacaron de la misión.

El sol aún no se había asomado cuando el MOL hizo la votación. Pedro Alfonso no descansó pendiente a movidas extrañas entre Graciela y Agustín. Graciela no podía dormir con los pensamientos encontrados hacia Pedro Alfonso: de admiración contra temor; de amor contra razón; de apego contra distancia. Agustín desconfiaba de todos y maquinaba mil operaciones distintas que no permitían que el cerebro reposara. El único en dormir profundo fue Boris, y esa energía, en lugar de ser una ventaja, fue su contratiempo durante la reunión. Sus deseos de motivar con frases célebres fulminó en una votación abrupta: Todos le interrumpieron a mitad de su tercera cita célebre y exigieron de manera unánime que se largara. Ahora. Y apúrate.

` —¿Cómo que te sacaron? ¡Se supone que condujeras uno de los camiones hasta el comité PNP!

—Creo que me consideraban muy valioso y no querían ponerme en riesgo. Deben extrañarme.

Nada de eso. La ausencia de Boris unió a Pedro Alfonso, Graciela y Agustín. El alivio de su ausencia los puso en un estado de broma y comunicación sin los escollos de la ética del humor o filtros a las palabras, solo fluían. Fueron afortunados y encontraron un carrito de comida, propiedad de uno de esos escépticos que no actúan hasta que el huracán ya toca tierra. Desayunaron y tomaron café, y juntos deshicieron el hambre y la morriña mañanera. La armonía comenzó a decaer en la ruta subiendo la montaña. Pedro Alfonso señaló a un vehículo que les rebasó, y alarmado decía que ahí iba el gringo que tantas veces se había cruzado. Graciela y Agustín compartieron miradas de preocupación, que se repitieron —ya con toques de pánico— cuando Pedro Alfonso, después de tomar una curva ya cerca del destino, les preguntó si vieron en la orilla de la carretera a un cerdo vestido de Hamilton.

El trío se encontraba aún en el mencionado desayuno y café cuando Yolanda peleaba con Boris.

—¿Quiénes van a conducir entonces los camiones tanque?

—No hay problema, nos redujeron la cantidad a tres.

Yolanda VanGarbo le tiró con la taza de café y casi le pega en la frente. No fue por lo que dijo; ella tenía deseos de tirarle con la taza desde que se apareció en la cocina. Corrección: deseaba tirarle la taza desde que lo conoció.

Boris siempre había estado cautivado con la imagen del "intelectual académico". El problema que tiene Boris para poder considerarse "intelectual" es que carece de inteligencia. Eso no era impedimento para él, como nunca lo ha sido para los miles de personas que demuestran su "inteligencia" acatando las posturas populares de "la comunidad intelectual", contrario a usar criterio y pensamiento propio. Esta estirpe de estudiosos confunde la lectura con la inteligencia, y se autoproclaman el rango de "intelectual" como licencia de superioridad para corregir a los demás. Sus debates carecerán de argumentos, pero al menos son ricos en insultos, citas y comparaciones irrelevantes.

Boris hizo un buen trabajo para lograr la imagen. Primero, se aprendió varias citas de personalidades famosas, las cuales podía usar como licencia de intelectual. Segundo, formó su uniforme: Compró una boina, unos espejuelos tipo John Lennon con cristales sin aumento, y una camiseta de Ché Guevara. Después se dejó una chiva de pelo púbico facial que rogaba no existir. En algunas reuniones fumaba pipa y bebía vino, pero esto lo limitaba a ocasiones especiales, primero porque era caro, y segundo porque odiaba la pipa y el vino. En fin, era el tipo de persona que Isabelino hubiera matado con gusto.

Lo que le faltaba a Boris para completar su imagen de intelectual era ser amante de una mujer mayor.

La relación comenzó cuando Yolanda VanGarbo

ofreció una charla en la Universidad de Puerto Rico, y Boris se quedó después para discutir con ella sobre política, aunque su participación se limitó a repetir estribillos gastados y, claro, muchas frases célebres. Las razones para que naciera esta relación de sexo incompleto y fugaz varían según el participante.

En el caso de Boris, Yolanda cumplía con algo más que ser parte del atuendo de intelectual: Ella satisfacía uno de sus fetichismos más oscuros. Boris fantaseaba con tener una amante discapacitada. Imaginaba tener a la mujer en la cama, y entonces dejarle la silla de ruedas lejos. "Aquí te quedas hasta que yo quiera" y la disfrutaba hasta saciarse, que tratándose de la imaginación optimista de un hombre, era después de varias horas. Boris se abochornaba de éste y otros fetichismos que lo excitaba mucho, tales como tener sexo con una mujer muda. Esto lo cumplían de la siguiente forma: Yolanda –que solo le aceptaba sexo oral– le presionaba las orejas con sus muslos. Así él no escuchaba sus jadeos, e imaginaba que ella era muda, aunque si hubiera tenido los oídos destapados, descubriría que ella no jadeaba.

Yolanda cedió por motivos más simples y más complicados. Simple, porque se dejó llevar por la boina y el recuerdo que le despertaba. Complicado por todo el acondicionamiento detrás de la pieza.

Varios años antes, Yolanda compartía con su esposo en un cafetín de Santurce después de una función de "Noche de Jevas 38". Tras varios Cuba Libres con Brugal, su marido comenzó a burlarse de un tipo feo que vestía boina. El hombre se quedó tranquilo, y en un momento calculado en que ella lo observaba, mostró su lengua. Minutos más tarde estaban en el asiento trasero de un carro detrás de Lote 23, y el extraño le brindó el sexo oral más espectacular del universo. Yolanda marcó sus dientes en los nudillos, en un esfuerzo por no gritar de placer hasta destrozar los cristales del carro.

El esposo de Yolanda VanGarbo se obsesionó con lo ocurrido, pues la experiencia había sido tan transformadora que ella tuvo que confesar –más bien compartir– semejante vivencia con su pareja. Ambos procuraban identificar al escurridizo amante, aunque –obvio– por razones muy distintas.

El marido de Yolanda enloqueció, y su obsesión lo

llevó a invertir una fortuna en investigaciones, hasta que concluyó que el desconocido era extraterrestre. Más aún: Después de pagar por información confidencial, conseguir documentos secretos y solicitar modelos matemáticos, determinó que los extraterrestres nos visitarían. Primero consideró construir un ovnipuerto en Lajas, hasta que calculó que ése no era el local. El punto determinado era una montaña en Utuado, así que compró el terreno y construyó un parador con un estacionamiento demasiado gigante, que en realidad era una pista de aterrizaje.

Yolanda VanGarbo le advirtió que aquello era una locura, pero su esposo dijo más: Se necesitaban dos torres, en el medio de las cuales quedaría el parador. Una de estas antenas era la Estatua de Colón. Para construir la otra, el marido de Yolanda donó millones para el levantamiento de la estatua de la Virgen del Pozo.

Si grande era la fijación con encontrar al amante furtivo, peor era su obsesión con superarlo. Aunque Yolanda VanGarbo le pedía que olvidara el asunto, que esa meta era un imposible, su esposo insistía en ofrecerle la mejor "mamada cochambrosa" de la vida. Hasta que una noche, en el afán de no rendirse, murió asfixiado. En la autopsia, le removieron los pelos púbicos que había tragado durante los últimos años de sexo oral competitivo. La foto del estómago abierto circulaba entre el personal de Ciencias Forenses; lucía como si el pobre hombre se había tragado un cachorro de oso.

Durante el proceso de herencia, Yolanda descubrió que su esposo mantenía negocios turbios con un hombre llamado Tomás Babilonia. Éste fue el verdadero donante para la construcción de la estatua de la Virgen, no por convicción religiosa, sino por joder a su suegra. Babilonia le permitió a Yolanda conservar muchas de las propiedades, pero en el caso del parador en Utuado, él pedía uso ilimitado, ya que era un lugar discreto para muchos de sus encuentros de negocios.

Así que ahora, Yolanda VanGarbo solo le permite a Boris que le haga sexo oral –que es lo único que lo mantiene callado la boca– siempre y cuando lo haga con la boina puesta. Esto le permite a ella imaginar que ha regresado el amante pasajero.

Todo esto era parte del precio a pagar por la ficha de ajedrez que tenía entre sus manos (y a veces entre sus piernas). Tras convencer a Boris de que la mejor manera para lograr la libertad de la isla era evitando la estadidad, lo convirtió en agente encubierto para la causa. Uno de los primeros actos de sabotaje –que fue un éxito total– fue el asunto de los diccionarios panfletos.

Adelaida Arocho había escogido, como causa para la Oficina de la Primera Dama, la enseñanza del inglés, ya que el miedo al idioma es uno de los grandes obstáculos de la ideología estadista. Su proyecto de ensueño era repartir unos diccionarios tipo panfletos de bolsillo, con unas pocas frases simples, que los boricuas podían usar de referencia para interactuar con los turistas anglosajones.

Para sabotear la iniciativa, lo primero que debía ocurrir era que Boris le llevara el concepto a Pedro Alfonso poco a poco, hasta que el líder del MOL pensara que había sido su propia idea. Boris manejaba muy bien esta técnica, pues más adelante logró encaminar a Pedro Alfonso al plan de los camiones tanque con alcohol, y a conseguir armas en caso de una emergencia.

Fue así como el MOL diseñó, publicó y distribuyó unos panfletos de portada y estilo idéntico, que fueron costeados –sin ellos saberlo– por la misma Yolanda VanGarbo. La única diferencia entre los panfletos reales y los falsos eran las traducciones. Los boricuas saludaban a los visitantes con un sonriente "My dick is big" y cuando pretendían preguntar si les gustaba la isla, cuestionaban "Do your hole looks like a rubber band?"

El esfuerzo de la Fortaleza se convirtió en el hazmerreír del país, y aún circulan memes con el rostro de la Primera Dama y una frase en el tope de la foto (Ejemplo: "¿Cómo se dice en inglés Te Amo para Siempre?") con una traducción falsa en la parte inferior ("Too late, I have herpes"). Aquí intervino la valiosa malicia de Millán Gil. El consejero del Gobernador había inscrito derechos de autor para la ilustración en portada, así que podía demandar a los creadores de las copias. Cuando la amenaza se volvió pública, se detuvo la distribución de los diccionarios panfletos falsos, los cuales ahora son objeto de colección. Tan conocido era el furor del gobierno y el deseo de castigar a cualquier chivo expiatorio con este caso, que por eso Leandra cedió a las amenazas de Millán Gil contra su hermano.

Aquel plan había sido un éxito, y Yolanda contaba

con que éste lo fuera. Yolanda coordinó para que Boris conectara a Pedro Alfonso con Babilonia. Ella convenció a Babilonia para que le consiguiera los camiones con el líquido inflamable. Ellos debían cometer el acto de vandalismo, creando la impresión que Puerto Rico era un país terrorista que no debía anexarse. Después ella convencería a Boris a llevar un camión tanque hasta Santurce y así se desquitaría del PNP. Pero por lo que Boris seguía contando, todo había cambiado. Por alguna razón, Babilonia no coordinó para llevarles los camiones hasta su escondite, y dijo que debían buscarlos en el parador.

Yolanda VanGarbo pensó sobre estos cambios. No quería que ataran su parador al asunto, pero ahora surgía un nuevo ángulo: Allí estaba el Presidente. Si la explosión ocurría en el parador, las consecuencias no serían pasajeras, sino históricas e imborrables.

Perfecto.

– Debemos salir ahora mismo – ordenó Yolanda VanGarbo –Tenemos que llegar a Utuado.

Johanna

Johanna estaba viviendo un verdadero momento de telenovela, de librito de romance, de película de Lifetime. Quedaría complacida y horrorizada con su capítulo, pues aquí ocurre la primera muerte violenta de nuestra historia.

Johanna conducía enfocada. Sus ojos se mantenían a una distancia calculada del carro del frente, en donde viajaban Gonzalo Matías y el doctor Roldán. Debía evitar que pareciera que les seguían, y las curvas de la montaña hacia Utuado dificultaban conservar la vista en el carro. Sus oídos estaban siendo ocupados por Libia, quien iba sentada a su lado, turnándose entre la reflexión, la rabia, el llanto y descargas de indiferencia con odio.

Lo que lamentaba Johanna era que hubiera tantos problemas con las redes y las comunicaciones durante el fin de semana, porque su historia habría sido un éxito en Facebook. Al menos, eso pensaba ella, quien tenía la infundada convicción de que todos estaban pendientes a sus pasos.

El viernes comenzó "posteando" una foto de las que aseguraba "Me gusta": Una foto mientras preparaba café en la cocina, tomada desde lo alto para regalar un poco de escote. Escribió "cafecito" y espero la reacción de las docenas de tristes solitarios que esperaban conquistarla – a ella, o a quien fuera– poniendo en los comentarios un meme de un niño con mueca de apreciación y el subtítulo "A la verdad que usted es muy linda". Johanna sonreía con estas respuestas, pensando que generaba los celos de su esposo –quien nunca entraba a Facebook porque estaba ocupado en Tinder– y la envidia de sus amigas, quienes se limitaban a pensar "ésta siempre puteando".

En la tarde, después del encuentro con Gonzalo Matías, cambió su situación sentimental en Facebook a "Es complicado", esperando la atención de su esposo y amigas, a quienes estaba deseosa de compartir las partes candentes. Pero nada de eso. Lo que sí recibió fue muchos mensajes privados de los mismos desconocidos, además de fotos de flores en su muro. Ella pensaba que todos eran unos morones, pero la atención siempre es apreciada, aunque venga de desesperados.

Después de abandonar a su esposo, compartió unos cuantos memes que mantenía para la ocasión: "He sido herida en el pasado, pero mi presente será sanar mi futuro"; "Nunca cometo un error dos veces"; "Cuando una mujer toma una decisión, no la puede parar el mundo", y otras más para insinuar que había terminado con una relación. Cuando se estacionó frente el condominio de Matías, descubrió que no había logrado muchas reacciones, así que se tomó una foto sentada en el asiento del carro –o lo que se llama una "foto de rigor" – con un par de botones sueltos en la blusa, y la nota "Preparada para el amor". Supo que fue un éxito con sus fanáticos desconocidos, porque además de un trío de solicitudes para conocerse, recibió –sin solicitar– una foto de un pene.

La madrugada del viernes al sábado fue intensa en pasión para los nuevos novios. Pero la mañana del sábado se inició con la primera crisis. Mientras Matías se vestía, Johanna desde la cama se quejó de que no le encontraba en Facebook. El detective explicó que mantiene un perfil falso como parte de su oficio, pero que no es discreto tener una página con información personal. Johanna se quejó, porque quería cambiar su estado sentimental a "En una relación" y especificar que era con Gonzalo Matías. Eso es un disparate, contestó Matías, no te has divorciado, solo complicas las cosas. Ella empezó a explicarle que no hay justicia por encima del amor, que no hay leyes que separen a dos amantes, que si el mar es un obstáculo entonces dos amantes unidos por las manos y corazones forman una nave insumergible que no naufragaría ni aunque caiga por los confines donde termina el mar. Ahí fue que Gonzalo se percató de que había cometido un error terrible. Tenía que salir de esto.

"¿Para dónde vas?" insistió Johanna mientras Gonzalo Matías intentaba abandonar el apartamento. Ella lo agarraba desde la espalda, le comenzaba a abrir la camisa, se supone que ahora él se virara, la agarrara por los brazos, y la besara hasta ella desplomarse en sus brazos y ser cargada hasta la cama, donde volverían a hacer el amor. Nada de eso: Solo un seco "Ya te dije que tengo que subir hasta Utuado para entonces regresar a la oficina a atender un cliente, no sé cómo carajo explicártelo para que entiendas". Allí ella le espetó un

"Llévame contigo", y Matías solo puedo pensar "Que se la lleve el diablo, y si no que me lleve a mí".

Cuando quedó sola, pensó que necesitaba actualizar su Facebook. El apartamento era perfecto para unas fotos nuevas, ahí algunos notarían que no estaba en su casa, y les picaría la curiosidad. Tenía el ajuar perfecto que le combinaba con el sofá, pero no lo incluyó en su maleta. Tendría que volver a la casa.

Johanna llegó a su casa sin temor, ya que Roldán estaría ya en el hospital. Buscó las piezas que necesitaba sin dificultad, pues tenía el closet dividido en tres partes:

Parte uno: Piezas de ropa que ha usado en fiestas, las cuales aún pueden usarse para "selfies" en caso de no haberse publicado durante la actividad.

Parte dos: Piezas de ropa usadas en "selfies", las cuales ya no podía usar en fiestas. Aquí caía la mayoría, pues después de comprarlas no resistía el impulso de lucirlas para mostrar en las redes.

Parte tres: Piezas de ropa sin usar.

Johanna no podía llevarse tanta ropa —cuando nos referíamos a "closet", hablábamos de un cuarto anexo al cuarto principal, para uso exclusivo de sus vestimentas—

así que pasó la tarde sacándose "selfies" con lo permitido según las clasificaciones. Para matar el tiempo, algunas las alteró en Instagram para ponerse naricita de gato, lengua de perro, y otros efectos que cuando los demás ven, se impresionan con lo pendeja que se ve la persona.

Su tardanza tenía otra intención. Johanna deseaba estar en la casa cuando llegara Roldán, y cruzarse con él cuando "casualmente" ella iba saliendo con otra maleta, y ahí podía tener uno de esos momentos de telenovela que ella tanto disfrutaba.

Pero quien llegó fue Libia.

"Muy bien" pensó Johanna "Puedo tener mi momento de las dos mujeres peleando".

No fue eso lo que ocurrió.

Libia estaba desesperada. El Doctor Roldán se había marchado de la sala de emergencias sin ofrecer explicaciones, ella lo había reportado a la policía, estaba arrepentida, ahora no sabía nada de él, quería hablarle, deseaba resolverlo todo, ya sabía que todo estaba descubierto, así que no importaba confrontar a la esposa de quien ama, lo que sea por hablar con él.

"Mejor aún" pensó Johanna "Puedo tener mi

momento de las dos mujeres confrontando al hombre compartido".

Tampoco fue eso lo que ocurrió.

Lo que sí ocurrió es que se convirtieron en amigas, como suele pasar en situaciones de corazones rotos. Johanna compartió todos los desencantos de la relación, todos los esfuerzos por complacerlo, todas las cirugías plásticas para cautivarlo, todo lo sacrificado para que el malagradecido no le diera un mísero "Me gusta" cuando ella posteaba una foto. Libia confesó los detalles del idilio, las ilusiones creadas a pesar de entender las condiciones de la relación, y le habló de los cargos de consciencia que ella sentía por estar con un hombre casado (que no era cierto, pero era lo apropiado para decir en el momento). Lo que cautivó a Johanna fue escuchar del ataque de angustia que estaba sufriendo Roldán.

Las horas cayeron en la noche, las botellas de vino cayeron en el zafacón, y las expectativas de las dos mujeres cayeron en el carajo. El Doctor Roldán no llegaba. Libia pensó que quizás lo arrestó la policía, pero ya una patrulla habría pasado por la casa si acaso los teléfonos no comunicaban. Gonzalo Matías tampoco aparecía. Johanna esperaba ansiosa que el detective se arriesgara con su presencia, pero no había pista de su interés.

Ninguno de los dos hombres podía presentarse. Cuando el doctor Roldán llegó a las oficinas del detective, Babilonia decidió quedárselo hasta la mañana siguiente para obligarlo a matar al Presiente. Nos quedaremos aquí, declaró Babilonia, quien deseaba mantener control absoluto de todo. Acomodaron butacas y un sofá para repartirse el descanso, mientras que Isabelino se quedó en el carro vigilando que nadie saliera —el matón podía pasar hasta 80 horas sin dormir y no se notaba efecto— mientras hablaba de filosofía con Marcos.

Isabelino y Marcos habían logrado engañar a Babilonia. Isabelino cortó una rendija en uno de los bultos deportivos de lona que utilizaba para recolectar cabezas. Acomodó a Marcos en el baúl del carro y le cubrió el cuerpo con unas mantas de envolver cadáveres descabezados. Marcos metió su cabeza en el bulto de lona. Cuando Isabelino había regresado de supuestamente matarle, Babilonia bajó al carro y allí el matón le mostró la cabeza de Marcos. El joven estaba orgulloso de su actuación ("Ojalá me vieran los que me abuchearon cuando interpreté a un árbol"). Babilonia no puso atención a la cabeza. Solo le explicó los planes a Isabelino: Pasarían la noche ahí, no quería tomarse riesgos con el médico. Al día siguiente saldrían temprano al parador a resolver este asunto. Ah, y no botes la cabeza, en caso que mañana me sirva para dar advertencias, tú entiendes.

Babilonia mantuvo su furia calculada (de no tener esta capacidad, jamás habría llegado lejos en su negocio) y siguió con su plan: Conservaría tres de los seis camiones tanques de Yolanda VanGarbo, en caso de necesitarlos. Usaría al doctor Roldán para que matara al Presidente, así se evitaba problemas con el gobierno de los Estados Unidos. Si ese plan no funcionaba, le pediría a Isabelino que acabara con cada ser viviente en el parador, y después usaría la bomba que le pidió el coronel Arthur Rock para explotar los camiones de líquido explosivo y borrar ese pedazo de tierra maldito. Simple.

Johanna despertó a Libia tan pronto el sol se asomó.

Ya se había vestido como para detener corazones, pero estaba desesperada porque no había podido subir los "selfies" en las redes debido a los problemas con las señales. Si no vienen, vamos a buscarlos, el control es nuestro. Ese pequeño discurso inspirador fue suficiente para ponerlas a la carga como unas Thelma & Louise del Caribe. Johanna sugirió comenzar buscando al detective en su oficina –que les quedaba cerca– ya que siempre entraba temprano en la mañana, y si no había llegado, le esperarían. De ahí podían exigirle que les ayudara a encontrar el paradero del doctor Roldán.

Llegaron justo en el momento en que Gonzalo Matías se montaba en un vehículo. A su lado, le seguía el doctor Jacinto Roldán.

–¡Ahí está el hijueputa! –exclamó indignada Libia, ya a punto de bajar del carro y demostrar que no le aguantaba mierdas a nadie.

–Quédate tranquila –ordenó Johanna, saboreando otro momento de su telenovela personal– hay otra persona al volante. Aquí pasa algo extraño. Vamos a seguirles.

Y así llegamos al momento en que ambas le han

seguido hasta casi llegar al parador. En la última curva, se llevaron una sorpresa: El carro en que viajaban los dos hombres venía en reversa, y las embistió. Ruido de metales que se retorcían, el escape del agua hirviendo del irradiador, bolsas de aire reventando, gritos de sorpresa. Del auto delantero se desmontó Isabelino, con el arma en la mano.

El matón, con su experiencia de mundo turbio, había reconocido que el carro les había seguido durante todo el camino. No lo consultó con los que le acompañaban – quienes hubieran identificado el carro de Johanna– porque Isabelino los consideraba ineptos y no buscaba sus opiniones ni les consultaba sus actos. Solo espero a que se encontraran cerca del destino final –donde podría trabajar la disposición de cuerpos mientras el doctor mataba al Presidente– y sin aviso embistió contra el carro donde viajaban Johanna y Libia.

Cualquier matón regular hubiera inmediatamente disparado contra los ocupantes del carro. Pero Isabelino no era cualquier matón. Antes debía preguntarles de filosofía.

Cuando llegó a la ventanilla del chofer, se sorprendió

de encontrar a dos mujeres. Ambas sacaban de sus respectivas carteras papeles y servilletas para removerse el polvo blanco de las bolsas de aire.

Puede que haya un error, pensó Isabelino.

—¿Ustedes nos estaban siguiendo?

—¡Mire como me ha despeinado! ¡Y mire mi maquillaje! —protestó Johanna.

— Pregunté que si nos están siguiendo.

—Por supuesto —respondió Johanna —y sea lo que sea que se traen entre manos, primero van a tener que rendirnos cuentas a nosotras.

Isabelino no creía en matar mujeres, pero su oficio le obligaba a hacer excepciones.

Desde el carro delantero, Matías y Roldán miraban por el cristal trasero. El vapor del irradiador roto no les dejaba ver con claridad.

—Les tengo una pregunta —preguntó Isabelino empuñando su arma— ¿Qué piensan de Edmund Husserl?

—¿Edgardo Huertas dijo? —cuestionó confundida Libia.

—No, creo que habla de algún actor turco —le aclaró Johanna a Libia, y entonces se dirigió a Isabelino— ¿En qué telenovela sale?

Entonces sonaron dos disparos.

Matías y Roldán se bajaron del carro y quedaron boquiabiertos con la escena.

Isabelino estaba tirado en la brea. Un disparo en la boca, otro encima de un ojo.

Johanna siempre cargaba una pistola en la cartera, por su valor para una escena tipo telenovela. Libia –esto nunca lo confesó– había llegado armada a la casa de Roldán porque una de sus consideraciones era matarlo. Cuando notaron que Isabelino estaba armado, calcularon el momento idóneo, y sin comunicarse, descargaron de sus carteras a la vez y terminaron con el matón.

Los cuatro comenzaron a discutir, a hacer preguntas y ofrecer aclaraciones. Alivios, enojos, perdones, reproches, confesiones, te amos. En medio de toda la confusión, el doctor Roldán ejecutó una movida ganadora.

–Johanna, vamos a escaparnos y vivir en la montaña.

–¿Cómo Toño Bicicleta y Dahiana? –reaccionó Johanna emocionada.

El doctor le tomó de la mano.

Johanna tiró sus zapatos de taco altos.

Ambos corrieron hacia fuera de la carretera y por poco se caen por una jalda tan empinada que casi contaba como precipicio.

Cambiaron de ruta. Pero antes, se despidieron sonrientes de Gonzalo y Libia. Y desaparecieron entre el verde de la montaña.

Gonzalo miró a Libia.

–¿Se siente bien?

–Sí, le juro que sí. Desde ayer me he estado desahogando. Ya no queda nada.

–Necesitábamos al doctor Roldán para matar al Presidente de los Estados Unidos. Pero podemos decir que le trajimos una enfermera. ¿Nos puede ayudar?

–¿Me van a pagar?

–De seguro.

¿Dinero para abandonar el país y comenzar una vida nueva? Libia no tuvo que pensarlo mucho.

–Cuente conmigo. ¿Qué hay que hacer?

–No estoy seguro. Lo que sé es que debemos deshacernos de estos carros.

Intentaron retroceder el carro de Johanna, pero no

prendía, y lo dejaron descender por la carretera hasta que tropezó con un árbol en una curva, obstaculizando la ruta. Entonces regresaron al carro de Isabelino y pensaron que no lo necesitaban, que quién sabe lo que había allí, que era mejor usarlo para deshacerse del cuerpo del matón.

Sentaron a Isabelino frente el volante, y movieron el carro lentamente para tirarlo por la jalda.

En el baúl estaba escondido Marcos, quien después de escuchar los disparos decidió mantener silencio. Esto le resultaba difícil, ya que estaba desesperado por gritar del dolor, pues Isabelino había olvidado que se encontraba en el baúl cuando chocó al carro que le seguía. Se le había roto un pie, y el hombro del brazo ya herido. Sintió que el carro se movía, y celebró el alivio de alejarse del problema.

Johanna bajaba en zigzag por la jalda junto a Roldán, quien le estaba explicando todo lo relacionado a Babilonia. Johanna estaba fascinada: Esto era la oportunidad de vivir una de esas telenovelas de narcotraficantes. Tan pronto pudieran, regresarían donde Babilonia y ofrecerían trabajar en su servicio. Primero, tendrían su luna de miel de prófugos, haciendo el amor en medio de la naturaleza de la montaña.

Pero antes, pensó Johanna mientras se acercaba a su esposo y levantaba el celular, necesitamos un "selfie".

Éste es el capítulo de Johanna, y ella se siente satisfecha con lo ocurrido. Hubo drama, violencia, intriga, muerte, pasiones y reconciliación. Y le espera un futuro de nuevas aventuras y romances.

El futuro fue corto. Justo cuando apretó el botón para la foto desde su celular, el carro de Isabelino les cayó encima y los mató en el acto.

Bart y Gart

Bart y Gart –o quizás Gart y Bart– estaban disfrutando sexo intenso en el cuarto que quedaba justo al lado del Presidente. Por primera –y última vez– tuvieron una bronca acalorada que terminó en llantos.

La relación entra Bart y Gart –desde ahora los mencionaremos en orden alfabético, sea quien sea cada uno– es compleja, y es una situación que vence las estadísticas. Bart y Gart son casi exactos –el "casi" es imperceptible en el exterior– a pesar de no ser familia ni ser clones de laboratorios. Las combinaciones posibles de ADN, según algunos estimados, es uno contra el número 10 elevado a la potencia de 640. En términos callejeros, es una en un cojón. Pero las coincidencias son más: Ambos nacieron en la misma fecha –de padres distintos, en partes distantes de los Estados Unidos– y coincidieron siendo estudiantes en el Servicio Secreto. Hubo un estadístico que se propuso calcular la probabilidad de semejante caso, y acabó tirándose de una ventana de su laboratorio, que quedaba en el piso cuarenta de un edificio. En una curiosa coincidencia, cayó sobre su esposa, quien venía a la oficina a anunciarle que iba a abandonarlo. Ambos murieron en el instante. La probabilidad de esta segunda casualidad fue calculada por un colega del estadístico, pero terminó tirándose por la misma ventana, y no les digo sobre quién cayó porque no lo creerían y nunca terminaría el párrafo.

Bart y Gart eran casi perfección genética: Una dulce sopa de Henry Cavill con Brad Pitt mezclada con almíbar de Denzel Washington. Sus gafas oscuras no eran parte de un atuendo para verse amenazantes, sino una orden de sus superiores para que ocultar sus profundos ojos azules. Cuando Bart –o quizás fue Gart– atravesó una de las oficinas administrativas del Servicio Secreto sin cubrirse los ojos, cuatro empleadas arruinaron la alfombra con sus fluidos espontáneos, y una sufrió una alteración hormonal tan frenética que quedó embarazada por fuerza del deseo. Desde entonces, las gafas oscuras eran compulsorias.

Bart y Gart habían sido escogidos para cuidar al Presidente en sus viajes secretos por dos razones. La primera es que Konrad Moriarty había pedido que le asignaran el mínimo necesario. Bart y Gart no solamente eran eficientes y temerarios, sino que con sus siete pies de estatura resultaban más amenazantes que una tropa de agentes. La segunda era que la presencia de ellos le restaba atractivo a sus compañeros de trabajo, y preferían mantenerlos alejados.

Los dos agentes estaban consciente de su físico cautivante. Inclusive, el único ser que consideraban atractivo era a sí mismo. Por tanto, en el instante que se conocieron, quedaron embelesados con el encanto del otro, que era una manera de admirarse a sí mismo.

La primera vez que tuvieron sexo fue en Puerto Rico. De comienzo, no lo consideraron una vivencia homosexual. Los agentes más ultraconservadores consideraban a Bart y Gart como extremistas ultraconservadores. Solo toleraban que los hombres le miraran porque todo ser humano y animal, sin importar el género, se quedaba impresionado con el monumento doble. Para ellos, esto no era homosexualismo: estaban viviendo la masturbación más sublime, el éxtasis del narcisista.

Ocurrió durante el segundo viaje del Presidente para

encontrarse con Leandra. El Servicio Secreto insistió en prepararle un espacio privado en sectores subterráneos que conservaban en la abandona base naval de Ceiba, pero Konrad Moriarty se negó, no quería la frialdad de construcción militar, quería que fuese en una región romántica, con paisajes del verde vivo de la isla, flores que perfumaran el aire puro y refrescante, quería un campo de amor y bellaquera. El Presidente pidió ayuda a la única persona en que confiaba en Puerto Rico: Su secuaz secreta en evitar la desagradable encrucijada de cambiar el status del país. Yolanda VanGarbo le dijo que tenía el lugar ideal: Un parador que ella había heredado de su marido.

En aquel segundo encuentro, el mandatario estadounidense le pidió a los dos agentes que se alejaran del cuarto, que Leandra ya estaba más receptiva, pero que la presencia cercana de los agentes le hacía sentir observada y escuchada. Bart y Gart abandonaron sus puestos junto a la puerta dentro del cuarto, y ocuparon posiciones en el pasillo. Moriarty les dijo que llamaban mucho la atención, que se fueran a sus habitaciones.

Ambos decidieron ir a la habitación de Bart –o quizás

era la de Gart– que quedaba junto el cuarto del Presidente, y así ambos podían entrar rápido en acción si se necesitara. Gart –o quizás Bart– se quitó la chaqueta negra, dejando lucir sus formidables bíceps de Marvel contra la insuficiente camisa blanca.

Su compañero miró el músculo con la fascinación con que apreciaba el suyo propio. Algo que siempre había deseado, y no había podido, era sentir el bíceps agarrándolo con sus dos manos, como si sostuviera una bola de futbol. Así que le preguntó a Bart –o Gart– si podía tocarle el brazo, y el otro contestó que por supuesto, siempre que él pudiera hacer lo mismo de vuelta.

Así exploraron su braquiales, admiraron la firmeza de sus supinadores, compartieron la perfección de sus dedos, la intensidad de los deltoides, apreciaron la dureza de los imponentes trapecios, quedaron fuera las camisas para finalmente poder mirarse los fascinantes dorsales, la rigidez suave de la piel, hasta desembocar inevitablemente en la tentadora tenacidad de los glúteos, y tener que conocer el sabor de los vastos internos, retorcerse hasta poder vivir la fantasía de sentir abdominales contra los propios abdominales, y ya no sabían que extremidad pertenecía a quién, qué músculo pertenecía a cuál cuerpo, si acaso era más de un cuerpo, porque en ocasiones hasta los mismos Bart y Gart no distinguían quién era quién, así que no diferenciaban entre gozarse uno al otro y disfrutarse a sí mismo. Tomaron turnos de penetración, de cumplir la máxima ilusión de clavarse a sí mismo. Kikitillo los inundaba con su canto cerca de la ventana.

Ahora todo había cambiado de manera abrupta. El viernes en la noche, había un escándalo en el patio del parador y tuvieron que interrumpir sus íntimas actividades de autocomplacencia mutua. Gart –o quizás fue Bart, pero vamos a decir que era Gart– tuvo que vestirse, salir a atender la situación, acompañar al gringo loco hasta su cuarto, y se quedó pendiente un rato asegurándose que no volviera a salir. Cuando Gart regresó al cuarto, Bart estaba dormido, y por primera vez en su extraña relación, Gart se sintió usado.

No hablaron sobre el incidente en la mañana. Estuvieron demasiados ocupados durante la tarde del sábado. El Presidente se pasó llorando todo el día, no aceptaba consuelo, no quería comer, escupía los calmantes, maldecía a los agentes. Gart lo entendía perfectamente.

Esa noche regresó Leandra, y el Moriarty volvió a llorar, pero por una emoción de alegría incontenible. Después de un rato en el cuarto, Moriarty pidió reunirse con ellos. Les dejó saber que debían prepararse: Mañana iba a recibir a la prensa en el parador. Vendría el Gobernador con otras figuras del gobierno, y anunciaría que apoyaba la estadidad para la isla. Estados Unidos se iba a encojonar, su esposa se iba a encabronar, VanGarbo iba a estallar, pues, que se jodan todos. Les quiso advertir en caso que necesitaran llamar más agentes.

Bart y Gart llamaron a sus superiores y explicaron la situación. Después de alguna discusión, quedaron en que les llamarían de vuelta en unos quince minutos. Fue un cuarto de hora de silencio incómodo. Entonces llegaron las instrucciones, precisas y cortantes.

–Maten al Presidente. Maten a todo el que sepa que está ahí. El Presidente sustituto mantendrá el papel. La Primera Dama está de acuerdo. Todos lo preferimos. El Presidente Moriarty es un riesgo para nuestra gran nación, así que por Estados Unidos de América, por la libertad, por la democracia, y por el Dios en que confiamos: Mátenlo.

Fin de la llamada.

Bart abrió su bulto y empezó a sacar armas, estudiando las mejores herramientas para el trabajo. Bart y Gart casi nunca cuestionaban instrucciones. Pero esta vez Gart sugirió algo distinto.

—No los matemos.

—Escuchaste las órdenes. ¿De qué hablas?

Bart estaba sorprendido aunque no lo demostraba. El parecido entre ellos iba hasta en la forma de pensar, así que el desacuerdo era una extravagancia.

—Nos van a ordenar a matar después; dijeron que debían morir todos los que supieran.

—Se tendrían que suicidar. No interpretes todo en absolutos.

—Pues hagámoslo mañana. Ésta será nuestra última noche juntos, ¿lo has pensado? Esto de tener esta libertad, estas circunstancias, en la misma misión, alejado de todo… Quizás no se repita.

Bart pensó unos segundos. Entonces comenzó a

guardar las armas.

–Tienes razón. Vamos a disfrutar nuestra última noche. Completamos nuestro trabajo mañana temprano.

Gart pasó de la pena a felicidad gloriosa. De las noches de pasión entre dos personas, en cualquier parte del mundo y en cualquier tiempo de la historia, esa noche entre Bart y Gart fue una de las más intensas.

Todo se desmoronó en la mañana del domingo.

Bart se despertó cuando sintió el ruido de los camiones tanque que cargaban el misterioso líquido. Gart ya estaba despierto. Había buscado unas tostadas en la recepción y preparaba café en la cafetera del cuarto. También recogió unas flores del patio trasero y las agrupó en un jarrón improvisado con un vaso de cristal.

–¿Qué es ese ruido?– gruñó Bart mientras brincaba hasta su bulto.

–Parece que alguien se levantó fanfarrón esta mañana.

–¿Qué?– preguntó Bart ahora con total confusión.

–Que ni siquiera me has dado los buenos días. Hola Bart, ¿cómo estás?

. –¡Gart! ¿Qué es ese ruido?

–Unos camiones que está trayendo el tipo ése que se supone que dejemos quieto.

Cuando VanGarbo le permitió al Presidente usar el hotel, le aseguró que solo dejaría unos pocos huéspedes para no llamar la atención con un vacío total, pero que Babilonia ya estaba autorizado a usar las facilidades cuando gustara, y que eso era algo que era mejor ni tocar.

–¿Por qué no me avisaste?

–Nada sería diferente– dijo mientras le pasaba una taza de café recién colado.

–No hay tiempo para esto. Debiste levantarme antes, tenemos trabajo que cumplir.

–¿Sigues con eso? Tengo otro plan.

Bart miró fijamente a Gart, y Gart sintió un frío desconocido en su mirada. Desde ahora hasta el momento de sus muertes –una de las cuales será en breves minutos– jamás fueron similares. La afinidad que tenían (más bien, que creían tener) desapareció. El dolor más grande en el amor es descubrir que, a pesar de existir la mayor atracción física, afinidad sexual y admiración mutua, ninguna relación es salvable si los corazones son distintos.

–¿Cuál plan?

–Vámonos de aquí. Ahora mismo. ¿Recuerdas lo mucho que nos gustó Tailandia? Vamos allá, hacemos vida nueva.

–¿Para qué?

–Para amarnos siempre, tontito.

Gart no lo esperaba. El puño le rompió el tabique y lo tiró al piso.

–Deja de hablarme como si fueras homosexual.

–Pero es que somos homosexuales.

Otro golpe. Nadie –jamás– había logrado golpear a Gart dos veces corridas. Esta es la prueba de amor más grande que Gart había hecho en su vida: No haberle destrozado el cráneo después del primer ataque.

–No sé qué carajo te pasa.

–Lo que ocurre es que nos amamos con fuerzas, Bart. Cada vez que hacemos el amor es como si viajáramos a las estrellas.

Bart no vomitó porque no había desayunado.

–Estás confundido, solo estábamos admirando y disfrutando nuestros cuerpos. Como vuelvas a hablar de esto, te juro que te mato…

Quizás si Bart hubiera callado ahí, el desenlace hubiera sido otro, pero añadió una palabra, y muchas veces basta una palabra para desatar el desastre:

–…maricón.

Gart agarró el vaso con flores, con un giro veloz de su muñeca tiró las flores hacia Bart dejándolo ciego por un instante, otro giro de la muñeca rompió el borde del vaso para formar una cordillera circular de filosos picos de vidrio, y con un garrotazo del brazo le arrancó toda la parte frontal del cuello, haciendo volar las cuerdas vocales hasta que se pegaron a una pared. Bart abrió los ojos entre sorpresa y espanto, y se desangró en la cama.

Gart lloró. Desparramó lágrimas hasta secar su corazón. La entonación de la palabra, cargada de insulto, de vergüenza, de desprecio, fue lo único necesario para transformar ese amor inmenso en un odio muchas veces más grande, imposible de medir.

El agente se lavó las manos, deshizo sus arreglos de desayuno, y tomó una de las armas. No valía la pena huir solo, ya sería como prófugo y no como amantes fugitivos. Nuevo plan: Matar al Presidente y Leandra según ordenado, y reportar que Bart se había resistido y hubo que eliminarlo.

Entonces escuchó un disparo en el patio interior del parador.

Waleska Palmer

La Pastora Waleska Palmer llegó con la expresión que la popularizaba: una contradictoria cara de "soy una humilde servidora de Dios para el favor del prójimo" mezclada con leve mueca de "mire, coño, sálgase del puto medio y no joda". La pastora podía irradiar paz y encabronamiento a la vez.

La Pastora Palmer estaba mortificada. Había tenido que caminar cuesta arriba porque un vehículo chocado bloqueaba el paso. Esos no son caminos para zapatos de ochocientos dólares. Tampoco ayudaba que le despertaran antes de la salida del sol.

Babilonia tuvo el impulso de hablar con Zahira y llamó a su casa —algo que nunca hacía— en medio de la madrugada. La criada con nerviosismo le dejó saber que "la señora" no había regresado. Tomás Babilonia decidió destruir el parador, aún con ella dentro, pero la idea de hacerle daño a su payasita Aleluyí le revolvía el estómago y el alma. Así que llamó a su suegra y le explicó lo que pasaba.

Babilonia tenía que estar desesperado para llamarla. Si había alguien que el hombre más temido del mundo consideraba que era la persona más odiosa de la humanidad, ésa era su suegra.

Tomás Babilonia colgó, bajó hasta el carro donde descansaba Isabelino –poco antes, por suerte, Marcos se había acostado en el baúl a dormir– y le dijo que se ocupara de llevarse al detective y el médico en la mañana, que él debía salir antes para asegurar que su gente llevaba los camiones tanques y la bomba al parador según planificado.

Ahora estaba en esta situación: Dependiendo de la persona que más odiaba para recuperar a la persona que más amaba.

–¿Qué haces, Tomás? –preguntó Waleska, con porte de Judi Dench interpretando realeza.

Babilonia estaba exprimiendo el cuello de Arthur Rock contra una de las baldosas del patio interior del parador.

—Estoy trabajando.

—Pues tómate un "break' de cinco minutos. Suelta a ese mendigo.

Tomás Babilonia liberó de mala gana a Arthur Rock y lo dejó inconsciente. Ambos ya habían hecho negocios antes, pues el general solía venderle equipo del ejército que escondió cuando el cierre de la base naval de Vieques como, por ejemplo, bolígrafos con cámaras para espiar. Los negocios se terminaron cuando Rock perdió todo su inventario: una tarde llegó al almacén subterráneo de la abandonada base en Ceiba, y descubrió que le habían robado todo, incluyendo los componentes de la nave espacial. Cuando el general llegó en la mañana al parador, enloqueció (debemos decir: "enloqueció aún más") al descubrir que en el estacionamiento se encontraban los seis camiones tanque desaparecidos, junto a todo el combustible de la nave espacial, un químico desconocido con la potencia de empujar millones de toneladas de embarcación interespacial a casi la velocidad de la luz. El ladrón debía ser Babilonia, quien lo había citado esa mañana para entregarle la bomba que le había pedido en la noche del viernes.

Arthur se adentró como demente en el parador, gritando disparates agravados por dos noches sin descanso. Kikitillo le había seguido desde que se declararon enemigos mortales, y seguía atormentándolo con sus inesperados coquitazos. El general apenas había comido, ni siquiera se había bañado, su cerebro había deteriorado ante la tortura, solo lo mantenía adelante la meta de explotar la montaña con el maldito animal.

Arthur Rock encontró a Babilonia en el patio interior junto a una camioneta blanca.

—¿Qué haces aquí? —fue el saludo de Rock

—Teníamos una cita. Aquí está tu bomba.

En la parte posterior de la camioneta había un objeto del largo de una bicicleta y forma de lápiz labial, tapado por un toldo azul. Arthur levantó el toldo y vio un artefacto similar a un misil, con cobertura trasparente, por la que podías ver el interior, compuesto de piezas irreconocibles que brillaban en colores azul y anaranjado. El coronel gritó de rabia.

—Me están mortificando tus gritos. —advirtió Babilonia.

—¿Sabes lo que es esto?

–Lo que me pediste. La bomba más potente que tuviera. Y aquí está, sin usar.

–Claro que está sin usar.

–Es potencia militar.

–Por supuesto, porque pertenece al ejército. Solo hay una en el mundo, y estaba en la base de Ceiba.

Babilonia se encogió de hombros. Cuando el esposo de Yolanda VanGarbo falleció, dejó un almacén lleno de artefactos que había saqueado de la base de Ceiba, parte de un proyecto de platillos voladores o algo así. Maldito loco.

–No entiendes lo que tienes aquí –continuó Rock– Esto es un propulsor de una nave espacial, nunca hemos podido calcular su potencia. Y los tanques que tienes allá afuera, también me pertenecen.

–Póngame atención, Mister Cock...

–Rock.

–Ajá, como sea. Esto es lo que vamos a hacer. Usted va a dejar de quejarse. Vamos a esperar un rato, y pronto le digo si se puede llevar la bomba. Quizás se puede llevar también algunos de los camiones tanque. Me da lo mismo. Tengo cosas más importantes en estos momentos.

Lo que quiero es no escuchar su voz hasta que yo diga, ¿tiene algo que decir a esto?

Arthur Rock tragó saliva con disimulo. Nunca había visto las arterias brotar en el cuello de Babilonia, ni que sus ojos parecieran a punto de disparar fuego. Decidió callarse. Pero no pudo.

En ese momento Kikitillo, que estaba detrás de su hombro izquierdo, le disparó un profundo "¡coquí!"

–¡Hijo de la gran puta! ¡Te voy a matar!

Ahí fue que Babilonia comenzó estrangularlo.

Entonces llegó la Pastora Palmer. Babilonia soltó a Rock y se sentó a su lado en el piso, como un niño regañado. Waleska extendió la mano abierta, y Babilonia entendió: Desenfundó su arma y se la entregó a la pastora.

–Explícame todo este disparate de que Zahira tiene un amante.

–Hay evidencia. He visto fotos.

–¿Y quién es éste supuesto amante?

–El Presidente de los Estados Unidos.

Dios obra por caminos misteriosos, pensó Waleska. Así que aquí se esconde, todas las piezas han encajado para este momento.

El camino de Waleska en el mundo pastoral fue uno de esfuerzo e ingenio. Aunque su iglesia había crecido gracias a la aportación inicial de Babilonia (después de lo cual asumió el papel de suegra "full force"), se necesitaba algún truco publicitario que capturara la atención de los creyentes por encima de la numerosa competencia.

En una visita a su hija, Waleska estaba viendo la propiedad en detalles, criticando cada aspecto estético o de organización. Babilonia caminaba cerca, escuchando las críticas en paz, recurriendo a un ejercicio de meditación que le funcionaba cuando alguien le desesperaba: Imaginaba una muerte angustiosa con todos sus detalles. Waleska —sin pedir autorización— se puso a abrir unas cajas recién abandonadas en una esquina del establo, y allí se topó con los bolígrafos dorados que le había comprado a Arthur Rock.

—Qué sorpresa. No sabía que podías escribir.

—Son aparatos para sacar fotos. Lléveselos si quiere —dijo Babilonia mientras completaba la oración en su mente: "y entonces se los mete por el culo uno a uno"

Waleska recordó un truco popular de los pastores. Algunos piden a su séquito que llene unas tarjetas de peticiones para Dios, que después el pastor rezará sobre esas intenciones. Un ayudante selecciona datos de las tarjetas antes del sermón, y le pasa la información al pastor. Entonces los creyentes se impresionan cuando escuchan al líder religioso decir que aquí hay alguien preocupado por el cáncer de su perro, otro que ruega no haberle pegado gonorrea a su esposo, un hijo del Señor que necesita devolver el dinero que robó de su trabajo, y así sigue mientras todos gritan alabanzas porque Dios se está comunicando en directo con su representante en tierra.

Bastaba aplicar una variante del ardid. Waleska distribuía los bolígrafos de manera estratégica y arriesgada, a veces visitando las casas de sus seguidores y dejando una de las pequeñas cámaras escondidas. Pronto podía brindar detalles íntimos de su comunidad, algunos de naturaleza práctica para el chantaje, pues ella se los mencionaba en privado mientras sugería aportaciones mayores en el diezmo. Entre el aumento de recaudos, y el crecimiento de seguidores causados por la popularidad por sus aciertos, Waleska se convirtió en una de las figuras religiosas más poderosas e influyentes de la isla.

Si tienes éxito, tienes que lucirlo, así tus creyentes creen que te tocara la misma prosperidad. Diamantes en las orejas, rubíes alrededor del cuello, y tres Rolex en cada brazo. En una ocasión alguien la enfrentó frente las cámaras de televisión: "Jesús dijo en Lucas 18:22: 'Vende todo lo que tienes, y dalo a los pobres, y tendrás tesoro en el cielo' ¿Qué me dice de esto?" y Waleska le respondió: "Si le doy todo a los pobres, yo sería pobre, y entonces alguien me tendría que dar lo suyo. Tengo mis riquezas para no quitarle a los demás". Fue un éxito con sus seguidores.

Su próximo paso en la escalera del poder fue posicionarse con el partido en poder. Waleska Palmer logró inmiscuirse en los asuntos del gobernador y el gabinete, y fue así como le regaló algunos de los bolígrafos cámara, pues si eran útiles en la religión, las posibilidades eran inmensas en la política.

Una de las estrategias de la Pastora Palmer fue mantener distancia de su yerno. Sabía que la relación podía usarse en su contra, así que le sugirió a Babilonia que no asistiera a su iglesia. Tomás Babilonia contestó "perfecto" con demasiado entusiasmo. Irónicamente, esto contaminó la relación entre ellos desde la entrada. Waleska reprochaba la indiferencia de Babilonia ante la religión, mientras que él resentía que le pidieran distanciarse. Si no iba, era porque no le daba la gana, no porque le ordenaran. Podía hacer demostración de autoridad y asistir a la iglesia, y prefirió el precio de lucir pasivo y obediente a la suegra.

Babilonia creía en Dios, pero no toleraba la idea de las iglesias, estableciendo reglas y juzgando. Asuntos como la política, la milicia y hasta el crimen merecían organizarse: Estos son grupos que necesitan acaparar poder y aplastar enemigos comunes. "¿Por qué hace falta religión organizada?" se cuestionaba entonces Babilonia, hasta percatarse que ya se había contestado la pregunta antes de hacerla.

Esas brechas tenían que cerrarse en estos momentos. Tomás necesitaba que Waleska convenciera a Zahira de que regresara con él. La Pastora disfrutaba que Babilonia le entregaba la ficha culminante para su ascenso del poder: Manipular al Presidente de los Estados Unidos de América.

—¿Dónde está el Presidente?

—Envié dos personas a matarlo.

—¿Por qué? ¡Ibas a esperarme!

—Tuve que apurarme. Zahira va a saber que fui yo quien mandó a matarlo, y no va a querer venir conmigo. La convences, y después arreglamos nuestra cuenta.

—¿Qué cuenta?

—Yo pagué dos millones por una mujer decente. Amo a Zahira, la voy a perdonar y seguir con ella, pero esto no fue el negocio que acepté. Quiero mi dinero de vuelta.

—¡No necesitas el dinero!

—Ni usted tampoco.

—Ese dinero es de la iglesia.

—Pues si la iglesia que me debe no paga, le quemo hasta los clavos, y si se vuelve a levantar, la vuelvo a quemar.

Waleska dejó lucir su desconcierto. El mismo Babilonia estaba sorprendido; la frustración era grande, y el cansancio tan inmenso que no sobraban energías para filtrar lo que pensaba y decía.

Waleska miró a los alrededores.

–¿Dónde está tu gente?

–Despaché a todos. Me iba a acompañar mi hombre de confianza pero sufrió un percance. Quiero estar solo; lo hago para proteger la reputación de Zahira. ¿Por qué quieres saber?

–Porque así luces impotente. Y el poder lo es todo. Hay cuatro grandes poderes en este mundo –continuó Waleska– Está el poder político, y está el poder militar. ¿Sabes cuál poder es mayor que esos dos?

Babilonia pensó saber la respuesta.

–Dios.

–Te equivocas.

Babilonia sintió curiosidad.

–¿Cuál es mayor?

–La religión.

Hubo una corta pausa. Babilonia no interesaba la conversación, pero la curiosidad pudo más.

–¿Y el primero?

–Éste.

Entonces Waleska le hizo a Babilonia lo mismo que le hizo a un conductor que detuvo –cuando ella era policía– y que resultó ser el desaparecido padre de Zahira: Le pegó un tiro entre los dos ojos.

ALEXIS SEBASTIÁN MÉNDEZ

Tito

Tito León brincó de la alegría cuando vio a Marcos. Tito caminaba junto a Millán Gil en dirección al parador, cuando justo notó una figura aparecer entre los matojos que formaban la frontera entre la carretera y la empinada jalda con ínfulas de precipicio.

Marcos estaba lleno de yerbajos y de hojas y de tierra y de ramas y de hormigas y de cadillos y de laceraciones y de moretones. Cuando el vehículo de Isabelino cayó más de setenta pies hasta reventar formando un reperpero de metal, Marcos salió disparado del baúl y cayó sobre una alfombra natural de grama, en medio de la cual había una roca que le astilló cuatro costillas. Marcos, quien nunca se daba por vencido ni en las artes ni en la salud física, pudo regresar a la carretera a pesar de la agonía. Aunque trataba de no quejarse, tuvo que gritar de dolor cuando Tito le abrazó.

Millán Gil estaba ansioso y les pidió que siguieran caminando hasta el parador, que tan pronto terminaran todo, los dejaba de vuelta en el hospital. El asesor del gobernador debía llegar antes para asegurar el acuerdo con Leandra y con el Presidente. Pronto abrirían las escuelas para el voto plebiscitario, y el nuevo informe de los meteorólogos presentaba que el huracán Ivette seguía acelerando su paso y adelantando su llegada a la isla. El gobernador venía de camino junto a todos los noticiarios que invitó. Millán tenía mucho tiempo.

Lo que le preocupaba a Millán Gil era que sus instintos no fallaban, y presentía que las circunstancias eran impredecibles. No le preocupó tanto el problema de los carros abandonados por la obstrucción en la carretera, sino las marcas en el piso. Dos líneas negras subían en paralelo, bajaban en curva contra la pared de piedra montañosa, y retomaban la ruta hasta el parador. Alguien había empujado una silla de ruedas, en un momento se le soltó, pero logró encaminarse al destino. Estaba seguro que Yolanda VanGarbo se les había adelantado.

Otros que llegaron antes –aunque Millán no se preocupaba por ellos– eran los integrantes del MOL.

Cuando Pedro Alfonso llegó al parador, decidió seguir de largo cuando vio que el gringo misterioso había entrado. Graciela protestó, momento de distracción que Agustín aprovechó para tirar una botella plástica por la ventana. Cuando bordearon el enorme estacionamiento y notaron los camiones tanque, concluyeron que los planes del líder del MOL no eran imaginados. Dejaron el carro en la marquesina de una de las muchas casas abandonadas de la montaña, y caminaron hasta una elevación de tierra junto al estacionamiento, y desde allí estudiaban la situación, ocultos en las plantas, como en las películas de guerra donde planifican atacar la base de los villanos.

Desde allí escucharon un disparo. Unos minutos después llegó Boris empujando la silla de Yolanda Van Garbo. La sorpresa fue beneficiosa para Pedro Alfonso, pues lucía que su desconfianza en todo era justificada. Cuando vieron a Marcos y Tito llegando junto a Millán Gil, no hubo duda de que la situación era más complicada que lo deseado.

–¿Qué hacemos? –preguntó Agustín.

Pedro Alfonso sonrió por dentro: De nuevo, era el líder.

–Toda esta gente sin guardaespaldas... Algo nebuloso se traen... Vamos a acercarnos.

Estudiaron una ruta y concluyeron cómo entrar por la parte trasera del parador.

Tito no sospechaba que sus amigos estaban cerca. No tenía idea de lo que en verdad estaba pasando.

Los hechos fueron los siguientes:

Tito había regresado al hospital y preguntaba por Marcos. La enfermera, que ya había llamado a la policía, lo entretuvo con mentiras hasta que se lo llevaron arrestado. Ante el testimonio de que su compañero estaba herido de bala, revisaron su camioneta y encontraron uno de los panfletos falsos.

La policía tenía órdenes de reportar de inmediato cualquier actividad de subversivos, y avisaron al comandante de la policía, que le reportó al coronel de la uniformada, que le notificó al zar anticrimen, quien seguía instrucciones de avisar a Millán Gil. Cuando descubrió que se trataba del hermano de Leandra, decidió ocuparse del asunto en persona. Pidió que lo retuvieran en la estación de policía, que él mismo lo buscaría.

Cuando recogió a Tito, le presentó un escenario

inventado: Marcos Morales había sido secuestrado del hospital por un grupo de terrorismo de derecha que aseguraba conocer las mentes detrás del incidente de los panfletos y exigía venganza. El grupo pedía que Tito se entregara. Millán Gil le aseguró que, como representante del gobierno, se aseguraría que nada le pasara, que iba a trabajar en negociaciones con los terroristas. Tito estaba sentado en el carro durante la tarde anterior mientras Millán Gil hablaba con Leandra, pensando que se trataba de una reunión con los maleantes.

El cuento era difícil de tragar, pero hay que considerar que Tito es un crédulo incorregible. En otras palabras, es pendejo.

Tito es el tipo de persona que cree cualquier cosa que lea en Internet por encima de la postura de la comunidad científica y de años de evidencia con resultados. Por ejemplo, el asunto con las vacunas, en que los riesgos y daños suponen exceder sus beneficios.

Inclusive, Tito convenció a sus vecinos en el pueblo de Florida a que no vacunaran sus perros. Tito había adoptado una mezcla de Shitzu con Pomerania, o lo que se llamaría: "Un perro "cute" que jode mucho". Poco después de su vacuna contra la rabia, el perro lucía más inquieto que de costumbre, tenía dificultad aprendiendo algunos trucos, y no gustaba de mezclarse con otros perros. Tito concluyó que su perro sufría autismo por culpa de la vacuna.

Tito comenzó una campaña pidiendo que no vacunaran a los perros. El veterinario trató de explicarle que no había nada mal con el perro, que muchos perros son así, que hay diferentes personalidades. Siguiendo lo aprendido en las redes, Tito declaró que el veterinario trabajaba para "los grandes intereses de las farmacéuticas" y le retiró la confianza. Sin ninguna evidencia, dijo que los veterinarios recibían dinero de los fabricantes de vacunas, y que había que evitarlos. Entonces promulgó la "veterinaria alternativa", y aquí el asunto tomó un giro peligroso. Tito convenció a los dueños de perros a que alimentaran a sus mascotas con una estricta dieta de algas, soya y té de manzanilla. También creía en el poder de la aromaterapia, y sugirió frotar todos los días aceite de raíces en el culo del animal, para que cuando se olfatearan, recibieran el beneficio de la medicina por aroma. Aquí fue que los perros se hastiaron y comenzaron a agredir a Tito sin motivo aparente. El punto culminante ocurrió una madrugada en que una jauría atacó el balcón de su casa durante la madrugada, y dejó mensajes amenazantes en orina y defecación tras el acto de vandalismo. Los padres de Tito le pidieron que se fuera a vivir con su hermana al área metropolitana, y que no regresara hasta que un velorio lo obligara.

Deseoso de compartir con otras mentes que desconfiaran de "los grandes intereses", Tito se convirtió en miembro activo del MOL. Estaba orgulloso de los logros y planes del grupo. Ahora estaba en esta situación complicada, y se sintió culpable. Siguió las instrucciones de llevar a Marcos a la sala de emergencias porque no conocía el remedio natural para un disparo en el cuerpo. Que Marcos fuera secuestrado de allí no era sorprendente, sino esperado. Otra prueba de que no puede confiarse en la medicina moderna.

Tito creía en las conspiraciones, en las supersticiones, en los mitos, en el horóscopo, en los planes del MOL, en la palabra de Millán Gil, pero no pudo creer cuando se encontraron a Boris en medio del patio interior del parador junto a la presidenta y candidata por el Partido Popular.

–¿Qué haces aquí? –preguntó Millán sin cortesía de saludo.

–Venía a arruinarte los planes, pero ahora me preocupa otro asunto que debiera importarte –respondió Yolanda, quien entonces dio una instrucción a Boris – Levanta el toldo.

Boris levantó el pedazo de lona azul que estaba en el piso para mostrar el cuerpo de Babilonia junto a Arthur Rock.

–¿Ése no es Tomás Babilonia? –preguntó Millán Gil.

–Olvida a Babilonia. Lo peor está en la camioneta. Enseña, Boris.

Boris levantó con facilidad el misil en sus brazos, como si fuera un pedazo de leña. El artefacto lucía pesado, pero era liviano como un librito romántico. El diseño liviano es importante en la transportación espacial.

–No entiendo nada.

–Con eso debe ser que van a matar al Presidente – intervino Marcos.

–¿De qué hablas?

Marcos compartió lo que escuchó desde el baúl del carro durante el camino: que el plan era llegar al parador y asesinar al Presidente, que el doctor trataría de burlar la seguridad con sus credenciales y le inyectaría aire en la artería al Moriarty, que si eso no funcionaba destruirían el parador.

–El doctor quedó hecho un tostón –siguió explicando Marcos con la tranquilidad– Esa bomba debe ser para explotar el lugar.

–¡Debemos sacar eso de aquí! –gritó Millán Gil.

En ese momento se puso de pie Arthur Rock, con su arma en mano. Había escuchado todo lo conversado por Waleska Palmer y ahora la charla entre los presentes.

–Los planes los determino yo.

Su plan era salvar al Presidente –lo cual lo convertiría en un héroe nacional– y destruir entonces la montaña con sus malditos coquíes.

–Yo sé activar el proyectil –continuó explicando amenazante– Si no quieren que muramos todos, van a seguir mis instrucciones.

–¿Qué instrucciones?

–Ustedes dos –señaló con su arma a Tito y Marcos– Avisen a todos en el parador que deben estar aquí en cinco minutos. Y cuando digo todos, incluyo al Presidente y al Chupacabras.

Todos reaccionaron con mueca de "¿qué carajos?", excepto Tito que exclamó:

– ¡Lo sabía! ¡Lo sabía! ¡El chupacabras existe!

Justo cuando Tito y Marcos se encaminaron a cumplir la asignación, entraron al patio interior el Gobernador César Romelló junto a su esposa Adelaida Arocho. Venían seguido de camarógrafos y reporteros.

Desde una cerca en el patio trasero, los demás miembros del MOL veían y escuchaban la acción. Pedro Alfonso no esperó a que Graciela y Agustín pidieran instrucciones.

–Váyanse.

–¿Cómo que nos vayamos? –preguntó Graciela.

–Necesito que estén lo más lejos posible en caso de que haya una explosión. Yo me quedaré aquí –dijo Pedro Alfonso sin compartir sus intenciones –Si no regreso, quiero que seas la líder del MOL.

Agustín iba a protestar, pero no quería arruinar la

oportunidad de alejarse del lugar. Por eso tampoco protestó cuando ocurrió lo próximo.

Pedro Alfonso besó a Graciela. Un "tocaíto". Un beso breve, pero grande.

Graciela reaccionó por reflejo.

—No me pediste permiso. Eso es acoso.

Pedro Alfonso no respondió. Solo le entregó las llaves del Hyundai.

—Váyanse y aléjense.

Demostrando que Pedro Alfonso era el líder, Graciela y Agustín se retiraron.

Pedro Alfonso regresó su atención a la escena en el patio interior. El Gobernador y la Primera Dama levantaban las manos ante las amenazas de Arthur Rock, y la televisión captaba todo.

Mientras, Tito sintió ruido en uno de los cuartos del parador y se acercó a la puerta abierta. No había leído su horóscopo de esa mañana, que era un simple "No vale la pena salir hoy de la casa", que era la misma advertencia para los otros once signos zodiacales.

Ivette

El huracán Ivette avanzaba con fuerza devastadora, levantando agua del océano como un animal sediento, reduciendo su presión como si quisiera convertirse en un vacío, creciendo como un acelerado cáncer atmosférico, una monstruosidad que ya los instrumentos no podían medir: los barómetros estallaban como ojos de astronauta en el espacio, los anemómetros se pulverizaban, los globos meteorológicos se desbandaron, el radar Doppler se suicidó por el pánico. No había manera de medir el fenómeno atmosférico, así que en el reporte ofrecido a las cinco de la madrugada del domingo, se limitaron a describir el huracán como "fuerte con cojones".

Los puertorriqueños entraron en un pánico parecido a cuando el virus destructor ataca a la humanidad por primera vez en la película de zombis. El boricua estaba acostumbrado a estados de pavor ante estos anuncios: La respuesta típica era abastecerse de salchichas, baterías y agua, proteger las ventanas, y averiguar si los demás ya están preparados, no por ayudar, sino para tener la oportunidad de hablar de sus preparativos.

El huracán Ivette les llevó a un nivel de temor que desconocían. Que el huracán siguiera acelerando el paso y llegara mucho antes que lo anunciado, destrozaba la ventana libre de tiempo de quienes esperan a que la ruta sea definitiva antes de prepararse. Ahora la ruta era indiferente, porque no importa cuánto se desviara, el huracán iba a pasar por encima de la isla como un escobazo de destrucción.

Las góndolas se vaciaron durante la mañana, la gente se abasteció con todo lo que encontró, hubo quienes hasta compraron sardinas. Cuando ya no quedaba nada en los anaqueles, tomaron las tablillas para poder proteger la propiedad. Hubo quienes cortaron las correas de la banda eléctrica de las cajas de los supermercados para poder amarrar y envolver las propiedades en sus patios. Los dueños de embarcaciones hundieron sus naves, pero otros decidieron destruirlas antes que lo hiciera el huracán, y así al menos usar los paneles removidos. Los cacos se treparon en los techos a robar cisternas, ciudadanos histéricos rajaron tanques de carros estacionados para sacarle la gasolina, muchos visitaron la iglesia de su comunidad pero el sacerdote no pudo evitar que hurtaran las velas.

César Romelló se sentía derrotado. No había atención en el plebiscito. Los voluntarios que debían presentarse en los centros de votación se estaban excusando. Aún si asistían los ciudadanos más comprometidos con la democracia a votar, ya anticipaba el nuevo ataque para no avalar los resultados: Que gran parte de la población no pudo participar por la amenaza del huracán.

Esta oportunidad no iba a repetirse. Tendrían el mensaje del Presidente. Y César continuaba teniendo su sueño de muerte, sabía que su tiempo restante era corto. Ya había llegado al parador. Debía intentarlo. A lo mejor después de todo, esto era una señal de Dios de que todo sería diferente.

La razón para la fuerza del huracán no conllevaba explicaciones sobrenaturales. La nave de los dodododododos –o chupacabras– estaba acercándose a la Tierra, y su campo magnético afectaba la atmósfera y aumentaba la temperatura de los océanos. Los instrumentos terrestres no tenían la capacidad de divisar la nave, la cual venía equipada con una tecnología que la hacía invisible a cualquier intento de detección.

Ivette seguía avanzando, y en unas horas arrasaría con las islas del Caribe, en particular con Puerto Rico.

*

Cuando Zahira abrió la puerta, se encontró a Macoto junto a dos personas que no reconoció.

–¿Quiénes son estos?

–Me pidió un doctor. –respondió Macoto.

–Es difícil conseguir doctores hoy –añadió Gonzalo Matías, mientras señalaba a Libia– Pero conseguimos una enfermera.

Zahira les permitió pasar.

Llegaron hasta la cama, donde Toño Júpiter estaba blanco, en posición fetal. Macoto le había entregado la botella de pitorro de la que el cerdo había estado bebiendo, y con solo un sorbo cayó en un estado de debilidad y dolor.

–Éste no es Konrad Moriarty. –declaró Matías con toques de alarma.

–¿Quién es Konrad Moriarty? –preguntó Macoto.

Libia se acercó preocupada a la criatura en la cama.

–¿Puede sacar la lengua?

Toño buscó con la vista a Zahira. Ella le autorizó con un gesto.

Toño Júpiter sacó su enorme lengua de pene. Todo el mundo exclamó maravillado. Macoto encontró la oportunidad para tremendo "post", pero Matías le impidió que sacara una foto.

–Usted es una mujer afortunada –le dijo Libia a Zahira, más con admiración que con celos.

–No si se me va. Le duele mucho el estómago.

–¿Le ha dado algún medicamento?

–Es que…. Él no es de este mundo.

–Le creo.

–Nunca toma medicamentos, su cuerpo reacciona muy mal a ellos. Y no tiene el reflejo del vomito.

–¿Éste es su amante? –preguntó Matías histérico.

–Éste es el hombre que amo.

Justo con el sonido de un disparo desde el patio interior, Matías exclamó.

–¡No es el Presidente de Estados Unidos! ¡Estoy

muerto!

*

El Presidente de los Estados Unidos había cedido a la petición de Leandra. Sí, no te preocupes: Diré que voy a apoyar el resultado del plebiscito. Lo que tú quieras.

Leandra sonrió, pero una satisfacción actuada. Esperaba que Konrad Moriarty se resistiera. En un instante le perdió todo respeto.

Ahora esperaba que llegara Millán Gil con su hermano, según habían acordado. Una vez que Moriarty complaciera al gobernador del país con el susodicho mensaje, lo dejaría para siempre.

*

La pastora Waleska Palmer buscaba el cuarto de su hija. Estaba orgullosa: Su hija sabía con quién relacionarse. Ahora debía explicarle al presidente que le había salvado la vida, y que podía ayudar a que continuaran con su relación secreta, que bastaba con reconocer su iglesia como la verdadera, y quizás brindar algunos otros favores especiales.

Waleska Palmer se asomó en un cuarto con la puerta abierta y vio a Zahira parada entre otra gente. Waleska no saludó a su hija, tenía prisa por este salto de poder. Se abrió paso entre los presentes, llegó hasta la cama, y abrió los ojos aterrrorizada. Allí estaba Toño Júpiter, tan débil que no había logrado guardar la lengua.

–Éste no es el presidente de los Estados Unidos.

–¿Cuál es la insistencia de todo el mundo con eso? –protestó Zahira.

–Éste es… el demonio…

–¿Qué?

–¡Hemos caído en una trampa del diablo!

Waleska se alejó de la cama horrorizada, y tropezó con el mueble en que Toño Júpiter mantenía el aparato que enviaba las señales que su civilización seguía para reconocer el punto exacto de aterrizaje.

–¿Qué es esto?

–Es para atraer a los suyos.

Waleska lo interpretó como un aparato para abrir las puertas del infierno, así que sin decir nada, comenzó a destruirlo. Trataron de detenerla, Toño se retorcía angustiado, Zahira le gritaba, pero la furia y fuerza de Waleska ya había convertido el rudimentario equipo en un reguero de piezas.

Una vez destruido el equipo, sacó el arma de la cartera y apuntó a Toño Júpiter.

*

Cuando tocaron a la puerta de su cuarto, Leandra pensó que se trataba de Millán Gil, pero se encontró a un amigo de su hermano, lleno de hojas y manchas de sangre.

—¡Hey, Leandra!

—No recuerdo tu nombre.

—Es Marcos. Vengo a pedirles que pasen por el patio interior.

—¿Está allí Millán Gil?

—Sí, y el Gobernador, y cámaras.

—¿Has visto a mi hermano?

—Estamos juntos. Está de lo más bien.

Leandra llamó a Moriarty. Ya estamos listos, le dijo.

–También hay un loco con una bomba –añadió Marcos, justo antes de perder el conocimiento por un violento golpe en la nuca que le propinó Gart, quien después de observar lo que ocurría en el patio interior, regresó para matar al Presidente.

*

Pedro Alfonso fue avanzando sigilosamente: detrás del edifico, detrás de una zafacón, detrás de una columna, detrás de una plantas, detrás de la camioneta.

Nadie notaba sus movimientos, pues toda la atención la tenía Arthur Rock, quien seguía acusando a los boricuas de querer matar al Presidente, y a la naturaleza de la isla de agredir su cordura. En varias ocasiones dijo saber cómo activar el aparato explosivo, y ponía sus manos en cierta parte del extraño artefacto. Pedro Alfonso supuso que allí estaba el truco para activarla.

*

Los dododododos no iban a destruir el Paraíso.

Toño Júpiter había logrado comunicarse antes de afectarse con el pitorro. Los chupacabras consideraron usar su tecnología para ofrecer prosperidad a los habitantes de la isla. De no haber ocurrido lo que está por ocurrir, Puerto Rico se hubiera convertido en el país más poderoso del planeta.

*

Zahira cubrió con su cuerpo a Toño Júpiter en un fuerte abrazo y lo escudó de la pistola que su madre cargaba.

—¡Salte del medio! ¡El diablo te ha dominado!

Matías y Macoto calculaban cómo debían actuar, pero su cobardía sobrepasaba su agilidad mental. Libia –que rápido reconoció a la pastora– fue más astuta.

—Si lo va a destruir, debe ser frente las cámaras. Imagine cuando la gente vea que usted es la única pastora que ha destruido un demonio.

Carajo, no pensé en eso, pensó Waleska.

Entonces llegó Tito y les avisó que debían ir al patio interior.

*

Graciela intentó bajar la montaña, pero el camino estaba obstaculizado por los vehículos.

–Esto significa que debemos tomar otra ruta. Si vamos en la dirección opuesta, también podemos bajar de la montaña. –sugirió Agustín.

Graciela apretó el volante del Hyundai mientras pensaba.

–No, no haremos eso.

*

Las cámaras grababan a Arthur Rock gritar amenazas y exigir que trajeran al Presidente y al Chupacabras. César y Yolanda batallaban con gritos de acusación. Millán Gil le pedía a los camarógrafos que no transmitieran aún. Boris le sugería a un reportero varias citas históricas que podía usar. Pedro Alfonso esperaba su momento. Tomás Babilonia seguía muerto. Adelaida Arocho movió unas barajas en su mano, intentando adelantar su destino, y lo repetía una y otra vez, porque siempre salía que estaban jodíos.

*

Gart había olvidado que el Presidente fue campeón de lucha libre.

Tan pronto Leandra gritó, Moriarty apareció como una pantera a defenderla, y antes que pudiese reaccionar, ya Gart estaba en el suelo, el Presidente le hizo la llave de la anaconda, y le rompió el cuello.

*

El huracán Ivette seguía acelerando y aumentando su tamaño y potencia. Los expertos del Centro Meteorológico abandonaron sus puestos e invadieron una iglesia y a la cañona se refugiaron en el ático.

*

La decisión fue dejar a Toño Júpiter en la cama. No

estaba en condiciones de ir hasta el patio interior. Se quedó Zahira (que se oponía a separase de él), Libia (quien seguía intentando ayudar) y Tito (quien estaba emocionado de estar junto un chupacabras).

Libia le acariciaba la barriga al chupacabras y disfrutaba la manera en que se miraban Toño y Zahira.

No habré conocido el amor, pero eso no significa que no existe, pensó.

Sintió de pronto orgullo. Era una gran enfermera que se ocupaba de los demás. Se había desenfocado. Su pasión era ésta.

–¿Qué le ocurre? –preguntó Tito.

–Le duele la barriga. –explicó Libia.

–Haberlo dicho antes –dijo Tito mientras sacaba de sus bolsillos unos sobres de té verde y unas pastillas de jengibre.

*

Los dodododododos sabían aproximadamente dónde aterrizar, que era entre las dos señales que emanaban de los topes de la estatua Colón y el monumento a la Virgen del Pozo. Pero la nave no podía aterrizar en cualquier lado, mucho menos en área montañosa. Había que encontrar la pista de aterrizaje. Necesitaban la señal que les había estado enviando Toño Júpiter y que ahora había desaparecido.

*

Boris intentó animar a Yolanda VanGarbo.

–"Yo voy más lejos; voy hacia la esperanza"… José De Diego.

–Te tengo una. –ofreció ella –"Y tú deberías ir más lejos aún; al culo del carajo"… Yolanda VanGarbo.

*

El Presidente instruyó que iría solo hasta el patio interior. Primero daría su apoyo al plebiscito, y entonces debía llegar Leandra. Ahí anunciaría su amor por ella.

Marcos se había recuperado y se sentó junto a Leandra en la cama.

Leandra estaba impresionada por la defensa física del

Presidente, pero su opinión no había cambiado. Faltaba algo, y lo encontró en las palabras de Marcos.

–Sé que debes estar cansada de escucharlo, pero me encanta como cantas. Tienes tremenda voz que usas para interpretar con mucho estilo y pasión.

Leandra entendió que el Presidente, aunque la trataba por respeto, solo admiraba por el sexo. Estaba cansada de eso. Marcos no le hizo ningún comentario de su aspecto, sino que admiró un talento que ella consideraba que los demás no entendían.

Se enamoró de Marcos al instante.

*

Waleska Palmer no esperaba encontrarse esa escena en el patio interior.

Vio a Arthur Rock con el arma, y aprovechó para decir: "Ese hombre asesinó mi yerno".

–Fue usted, vieja maldita –respondió Rock.

–No puedo matar a ningún hombre, pero puedo destruir al diablo –entonces habló directo a las cámaras que le apuntaba – ¡Mataré en breve al diablo para ustedes!

*

El Presidente llegó en ese momento, y el patio interior se revolcó. Los reporteros se le apiñaron, las cámaras cayeron sobre él, Yolanda y César compitieron por acercársele.

Pedro Alfonso casi grita de emoción. Todo era perfecto.

Arthur Rock disparó al aire y recuperó la atención.

—¿Dónde está el chupacabras?

—¿Quién es usted? —exigió el Presidente.

—Soy el General Arthur Rock, y le he protegido de la amenaza de los boricuas.

—Los boricuas son mis amigos. —contestó el Presidente, causando euforia en los estadistas presentes.

—Jódanse todos entonces —respondió Arthur Rock, y se viró hacia el explosivo para activarlo. Solo un ser pudo detenerlo.

*

El huracán Ivette ya podía verse desde la luna. Si estrujas desde allí tus ojos, parece como si nuestro planeta hubiera desarrollado un culo.

*

Kikitillo decidió aprovechar este momento de vulnerabilidad de Arthur Rock para brindarle un ataque maestro.

Brincó del hombro al oído, se deslizó por el canal auditivo y desde el medio de la cabeza lanzó el "¡coquí!" más intenso de su existencia.

Arthur Rock sintió su cabeza retumbar.

Ya sabía dónde estaba el maldito animal, y ahora lo tenía atrapado.

Muere, hijodeputa.

Apuntó con el arma, y disparó.

Kikitillo quedó sordo, pero la bala no lo tocó.

Arthur Rock cayó muerto al piso y Kikitillo, bañado en sangre, escapó lo más rápido que pudo.

Si Arthur Rock hubiera esperado un poco más,

hubiera disfrutado la destrucción del país.

Los presentes sintieron el alivio por el suicidio (eso les pareció) del loco que amenazaba con activar el explosivo.

Justo entonces apareció Pedro Alfonso, y frente los rostros sorprendidos que le miraban, presionó el botón y activó la bomba.

*

Kikitillo brincó y brincó hasta regresar al patio trasero del parador. No escuchaba, y apenas podía ver por la sangre en sus ojos. Por eso no pudo esquivar la boca del cerdo que se lo tragó.

*

El proyectil comenzó a cambiar. Sus colores azules se convertían en anaranjado, y los que ya eran anaranjados tomaban mayor intensidad.

–¿Por qué hizo esto? –preguntó un reportero sin acercarse mucho, pues Pedro Alfonso había tomado el arma de Arthur Rock para mantenerlos a distancia.

–Porque amo a mi país. Y cuando ves a otros maltratar a quien amas, haces lo que sea por defender ese amor. Aquí están los líderes de los dos partidos que han saqueado a mi tierra, el presidente del país que no nos brinda libertad o participación, la líder religiosa más poderosa de este país, que se aprovecha de los miedos y la ignorancia para manipular a otros en favor de sus intenciones, cuando pudiera buscar unidad y armonía. Si tengo que volar con todos ustedes, lo hago con honor. Que me perdonen los inocentes, pero ustedes todos son cómplices de una manera u otra de todo esto… Como lo soy yo en cierta forma, y por eso me lo merezco.

–¡Tenemos un proceso democrático! ¡Acepta los resultados! –gritó el Gobernador.

–Qué payaso –le respondió Pedro Alfonso– Han preparado el sistema para que la ventaja pertenezca a sus dos partidos, así que la única opción es crecer dentro de sus partidos, y para moverse hay que seguir sus prácticas de amiguismo y de obediencia leal a lo que el partido dictamine. Escoger entre dos muertes no es brindar una opción de vida. Ahora, acepte usted los resultados de su sistema. Aquí los tiene.

Pedro Alfonso concluyó sus palabras dando una palmada al misil, que ya apenas tenía colores azules.

De pronto, el corazón se le desinfló.

Graciela venía corriendo hacia él.

*

Macoto juraba que iba a ser un éxito viral. Sin que Matías lo notara, tomó evidencia de la existencia del chupacabras. Fotografió la llegada del Presidente. Grabó el discurso de Pedro Alfonso. No lograba subir nada a las redes. El cielo encima de ellos se había vuelto pesado, denso y oscuro. Maldita sean los huracanes, pensó.

*

Graciela abrazó a Pedro Alfonso, y sin pedir permiso, lo besó fuertemente en los labios.

—Te escuché —dijo Graciela— Quiero hacer contigo un país mejor.

—Y yo contigo. Para eso tenemos que seguir vivos.

No podemos dejar que esto explote.

Pedro Alfonso comenzó a tocar el misil pero no encontraba botones. El color azul había desaparecido. Los anaranjados brillaban con mayor intensidad.

–¡Ayuda! –gritó Pedro Alfonso tirando el arma al piso para que los demás no temieran acercarse– ¡Hay que detener esto!

Waleska Palmer sugirió hacer un círculo de oración para detener la bomba. Nadie le hizo caso. Todos comenzaron a manosear el artefacto buscando cómo detenerlo; sabían que huir era inútil porque Rock varias veces dijo que tenía la potencia para destruir la montaña y más.

Waleska recordó el diablo en el cuarto. Quizás podía ayudarlos. Fue a buscarlo mientras los demás continuaban frenéticos. Bueno, los demás, excepto uno.

*

Agustín decidió que lo mejor era alejarse lo más posible.

Al carajo Graciela, al carajo la independencia, al

carajo el país.

A correr pa'l carajo se ha dicho.

Cuando salía del parador, tropezó con la botella plástica que había tirado y cayó al piso de frente.

Coño, Dios me hace estas cosas porque soy negro, pensó.

*

El metabolismo de Toño Júpiter era veloz, y los remedios naturales de Tito lo habían sanado.

–Traigan al demonio –instruyó la pastora sofocada– Hay una bomba en el patio. Estamos a punto de explotar.

*

–Tan pronto termine esto, necesitamos que el Presidente transmita su mensaje –sugirió Adelaida Arocho. Ni siquiera Romelló le hizo caso.

*

–Lamento todo esto –le confesó Pedro Alfonso a Graciela.

–Estabas haciendo lo que creías mejor para el país. No hay mejor hombre que quien ama demasiado.

*

Leandra y Marcos se mantenían ajenos a todo el desorden.

–Debiéramos cantar juntos –ofreció Marcos.

Nadie nunca le había pedido un dueto.

–Me encantaría.

Marcos comenzó a cantar "Quiero que me des huevo".

Leandra se espantó al escuchar su voz. ¿Éste es el hombre que dice que canto bien?

No, debo dejar de pensar de esa forma.

Tengo que apreciar su aprecio.

Y lo acompañó a cantar.

Fue uno de los momentos más felices de la vida para ambos.

*

El aparato explosivo tenía todos los colores anaranjados brillando intensamente, y comenzaba a vibrar.

Toño Júpiter llegó corriendo.

—Este propulsor está activado.

—¿Qué quiere decir? —preguntó Pedro Alfonso.

—No podemos detenerlo.

Pedro Alfonso se negó a creerle. No, no se rendiría. Al diablo lo que haya establecido el escritor de esta historia: No hay destino, el autor no se impone, este final podemos cambiarlo.

—Pero hay algo que podemos hacer —añadió Toño Júpiter— Esto se va a prender como un proyectil. Solo tenemos que apuntar al cielo y no explotará aquí. Inclusive, si estalla en la atmósfera, la presión que causaría podría disolver el huracán que se acerca.

. —¿Cuándo hacemos eso? —cuestionó Pedro Alfonso.

—Ya.

Entre Toño Júpiter y Pedro Alfonso apuntaron el aparato hacia las nubes que les cubría. Como si presintiera su momento, el aparato disparó una potente llama verde que no quemaba. Se escapó de los brazos de Pedro Alfonso y Toño Júpiter y salió disparado al cielo. Todos lo veían subir, como un cohete sobrenatural en despedida de año.

*

Algo que Toño Júpiter no consideró fue que la vibración del propulsor emana una señal que las naves de los dododododdodos detectan.

El proyectil ya alcanzaba las nubes, y justo en ese instante las nubes se separaron y apareció la nave espacial, enorme como una versión agrandada de una mala película de invasión espacial.

El misil penetró la nave. No explotó.

Pero nadie va a corregir al autor.

La nave lanzó un rugido, como una puerta de goznes oxidados ampliado un billón de veces. La nave se inclinó en el cielo, como un plato que ha perdido el equilibrio en la cuerda floja.

Entonces cayó en picada, deslizándose con cierta

lentitud, como si el aire fuera de sirope de piragua.

Se estrelló encima de Agustín.

*

La nave era cuarenta veces más grande que el aparato en que había viajado Toño Júpiter muchos años antes. Su tanque de combustible reventó, y junto a ellos los camiones tanque que estaban estacionados en el parador, y también las miles de armas potentes que los dodododododos cargaban para su plan original de destrucción.

La explosión masiva destruyó la montaña, la cual pareció derretirse hacia el centro de la tierra, arrastrando consigo todos los alrededores.

*

Marcos y Leandra iban a besarse y justo se esfumaron. Nunca se dieron cuenta de nada.

*

Poco antes de que se elevara el misil, Yolanda VanGarbo identificó a Toño Júpiter, aunque no tuviera su boina. Empapó tanto la silla con su emoción, que tuvo que ponerse de pie. Ahora la nave le venía para encima, y Boris al verla, se emocionó. "Quiere irse parada, como en pie de lucha" pensó. Boris la rodeó con sus brazos, y aunque solo tomó una fracción de milisegundo del estallido para que se deshicieran por el intenso calor, Yolanda tuvo oportunidad de mandarlo mil veces a la mierda.

*

Macoto se puso de espaldas a la nave que caía hacia la tierra, e intentó hacer un "live" espectacular, pero no había raya de señal. Decidió grabarlo y después lo compartiría. "Aquí estoy bien rankeao desde Utuado para todo Puerto Rico y el mundo entero". Pausa. No, eso no. "¿Qué pasa corillo? ¿Ven lo que tengo atrás? ¡No me refiero al culo!". Pausa. Está gracioso, pero quizás es momento de ponerse histérico para causar pánico. Eso siempre es viral. Y así pasó sus últimos segundos de vida, rediseñando un vídeo para las redes. Gónzalo Matías pasó esos mismos segundos pensando que Macoto era un idiota.

*

Zahira apretó a Toño. La pastora Waleska Palmer temía morir sola, quería abrazar a su hija, y lamentó sentirse excluida. Zahira y Toño la vieron, le pidieron que se acercara, y los tres se abrazaron con fuerza. No eres el diablo, fue todo lo que logró decir Waleska, eres un ángel. Pegaron sus cabezas en modo de oración y se disolvieron en un instante.

*

En estos días, Libia había vencido un desamor, ayudado a un extraterrestre, logró la paz con la esposa de quien era su amante, y le había dado su merecido a un hombre que quería hacerles daño. No soy una gorda, no soy una amargada, no soy menos. Con ese pensamiento puedo morir. Y así fue.

*

Tito no pensaba que moría, sino que su energía se transformaba. Era mierda lo que estaba pensando: Se murió.

*

Konrad Moriarty fue rodeado por Adelaida Arocho y Millán Gil. Querían grabar en sus celulares al Presidente diciendo que apoyaba la estadidad. "Ustedes los estadistas nunca entienden cuando alguien no los quiere" logró decir en inglés, mientras sostenía el llanto porque Leandra no había salido con la algarabía. Se sintió solo, y así quería morir. Empujó a Adelaida y a Millán, y un instante después eran cenizas.

*

Pedro Alfonso y Graciela tuvieron la oportunidad de

intercambiar te amos, y decidieron morir besándose. Después de todo, hay cursilerías románticas que jamás se deben perder.

*

Siempre vencedor ante la muerte, César Romelló no se deshizo con la intensidad y calor de la explosión, sino que su cuerpo salió disparado varias millas hasta caer en el mar.

Los huesos rotos apenas le permitían nadar, pero César se percató que no valía la pena intentarlo: Reconoció a los dos tiburones que le atacaron años antes, y que ahora le visitaban en los sueños. Venían a terminar su trabajo.

Y así lo hicieron.

*

El hueco causado en el centro de la isla parecía un enorme volcán invertido. La vibración del estallido causó un terremoto que terminó por derribar el resto, hundiéndose en un piso de lava que achicharró la isla.

*

El huracán Ivette llegó. El viento arrastró todas las cenizas de lo que formó la Isla del Encanto y las regó por el planeta.

*

Y fue así cómo terminó Puerto Rico. Ya era libre.

Epílogo

El huracán Ivette siguió su paso devastador por el Caribe, atacó el estado de la Florida, y su fuerza era tal que ni aún la falta de agua le desanimó: Continúo su barrida de caos y destrucción hasta cepillar en diagonal el país, subiendo por Canadá y muriendo en Alaska.

El gobierno estadounidense no estaba preocupado por lo ocurrido a los puertorriqueños (la comunidad boricua en Estados Unidos estaba en pánico, pues no habría quienes le mandaran pasteles por correo). Lo importante era encontrar los culpables. Sin mucho esperar, acusaron a varios países musulmanes.

El ejército de los Estados Unidos sobrevoló la zona del Caribe varias veces buscando pistas de lo ocurrido. Tras pocos días, encontraron –para deleite de muchos– a un sobreviviente. El mundo vio en vivo, alrededor del planeta, cuando los grupos de rescate elevaban al helicóptero a un cerdo disfrazado de Alexander Hamilton.

Agotado de nadar y sin haber comido durante días, el cerdo murió poco después. Quizás una autopsia podía ofrecer pistas del misterio; en fin, no se les ocurría más nada.

Al abrirle los intestinos encontraron otro sobreviviente del desastre: un coquí.

Kikitillo estaba traumado. Casi lo destruye un disparo, fue tragado vivo, tuvo que sobrevivir varios días en el sistema digestivo de un cerdo, y la radiación extraterrestre a la que estuvo expuesto lo alteró genéticamente. Esto, combinado a que el cerdo tenía aún pitorro en su sistema, fue la fórmula precisa para una película de horror vieja. Bastó con exponer a Kikitillo a otros químicos en el laboratorio, para que se desatara un crecimiento sin freno.

Kikitillo aumentó de tamaño hasta destruir el laboratorio en que se encontraba en Virginia. Siguió creciendo hasta medir tanto como un edificio de nueve pisos. El pánico desatado fue devastador: los conductores chocaban, las familias abandonaban la ruta impredecible del anfibio, miles se tiraban al suelo y tapaban sus oídos ante los ensordecedores "coquí" que retumbaban por millas de distancia. Nada lo detenía, su piel resistía balas, calor, proyectiles. Kikitillo, buscando su clima, fue dejando una franja de destrucción a través de Estados Unidos, y después México.

Cuando ya Kikitillo iba por Venezuela –que tenía algo del Caribe– decidió reducir el paso, y los Estados Unidos acusó al país suramericano de trabajar con Rusia para desarrollar esta terrible arma biológica. Ignorando las gestiones de la ONU, y declarando su derecho a la defensa, el ejército estadounidense bombardeó con un arma nuclear a Kikitillo, dando fin al último sobreviviente de los incidentes de aquel trágico fin de semana en Puerto Rico.

Esto generó una guerra mundial. El mundo entero acusó a Estados Unidos de buscar el petróleo de Venezuela, Rusia dijo que no iba a permitir esta intromisión y otros viejos enemigos, aprovechando que el país de Tío Sam estaba tan debilitado por todos estos desastres corridos, se hicieron partícipes en la guerra. Aquí algunos países árabes se unieron porque declararon que era el momento idóneo para destruir el estado de Israel.

Pocos años después, la guerra nuclear había terminado con la población del planeta.

Los dododododos llegaron con un ejército de naves después de un largo viaje para vengar la pérdida de la nave anterior. Encontraron que no había nada que destruir. Pero el paso cercano de tanta fuerza de ataque cerca de otros sistemas solares generó acusaciones de intentos de invasión, y todo repercutió en una guerra galáctica que destruyó planetas completos y duró cientos de años, sin que hubiera una sola espada de luz, para decepción de los millones de fanáticos que habían desaparecido con la población de nuestro planeta.

Dios vio tanta destrucción, hizo una mueca levantando los ojos, y decidió entretenerse con otras cosas. Estuvo viendo vídeos en YouTube hasta que no quedó ninguno más, pues no había quien creara contenido nuevo.

Quizás, después de todo, podría darle otra oportunidad al humano.

Durante casi una semana, Dios reconstruyó la Tierra.

Necesitaba de nuevo, su punto de descanso. Extrañaba a Puerto Rico. Pero el terruño ya no existía.

Así que flaqueó, y volvió a crear la hermosa isla.

Y volvió a crear al hombre y la mujer.

Esta vez, todo saldrá bien, pensó Dios mientras disfrutaba el atardecer en Rincón.

No muy lejos de allí, el primer hombre estaba buscando una caneca de ron para la piña colada que estaba preparando su pareja, usando los cocos que habían tomado de la palma de Dios.

AGRADECIMIENTOS

Voy a tener que limitar mis agradecimientos: Pretender incluir a quienes han contribuido durante años de apoyo para que me mantenga escribiendo sería un ejercicio "muy incompleto". Así que, para dejar el asunto solo "un poco incompleto", agradeceré a quienes han tenido una contribución más directa.

Lectores y amigos aceptaron mi pedido de evaluar el texto, accedieron de buena gana (eso creo) y brindaron valiosas observaciones. Gracias a: El profesor Alberto Martínez-Márquez, Jorge Manuel Rivera Rubio, Arturo Soto Gutiérrez, Marisol Hernández Marrero, Mara Romero, Emmanuel Serrano, y Miriam Laracuente.

Alexis Zárraga Vélez, quien es el autor contemporáneo que más me hace reír, aceptó gentilmente escribir el prefacio. Cuando recibí el esperado prefacio, tuve que editar este agradecimiento para añadir que eres un cabrón mamahuevos.

Gracias a Dave Álvarez por la portada del libro. Me encanta.

Mis hijos: María Alexandra, Beatriz Irene y Sebastián Gabriel…. Todo lo que hago en esta vida – incluyendo respirar– lo hago por amor a ellos, así que sin ellos no habría amor en mi escritura.

Y gracias a Ivette Crespo. Además de leer el borrador del texto, ha aceptado este borrador de ser humano. Eres más increíble que esta novela.

SOBRE EL AUTOR

Alexis Sebastián Méndez ha escrito para prensa, teatro, radio, televisión y paredes de los baños.

Su libro "Alegres Infelices" fue publicado en el año 2000, e incluye varios de sus cuentos premiados en diversos certámenes literarios, así como otros cuentos que no han sido premiados pero tienen buenos sentimientos.

Durante diez años fue crítico de cine para el periódico Primera Hora, donde también publicaba la columna de humor "La Vida Misma". Después de que la columna fue retirada, la circulación de periódicos en el país se ha reducido drásticamente, dice la prensa dizque por el Internet. No estoy insinuando nada.

Para teatro, ha escrito sobre una docena de obras. Durante dos años consecutivos sus obras fueron escogidas para abrir el Festival de Teatro Puertorriqueño ("Trastos Viejos" con Gladys Rodríguez, y "La Memoria del Olvido" sin Gladys Rodríguez). Su mayor éxito teatral ha sido el espectáculo cómico-musical "De-Generación 80".

El autor detesta a la gente que se refiere a sí misma en tercera persona, pero en cambio escribió esta página, mostrando la sabiduría del refrán: "Nunca digas de esa mierda no comeré".

"La Gran Novela Boricua" es su primera novela.